La danza de la lechuza

Leonardo Gutiérrez Berdejo

La danza de la lechuza

12 cuentos y una fábula

Leonardo Gutiérrez Berdejo

Bogotá, 2016

> *Y el corazón no muere cuando
> uno cree que debiera.*
> Czeslaw Milosz

El cuento es un género impresionante. Su gramática ilumina algunos corredores de la memoria escrita, las tradiciones, la mitología de tantas culturas. "El cuento debió tener su origen en las primeras noches del mundo —escribe Julio César Londoño, erudito del género—, cuando los animales erguidos se reunían en torno al fuego, bajo la bóveda constelada de soles helados, para dorar perniles y conversar".

Las narraciones de Leonardo Gutiérrez son una incesante fabulación del mundo, una alegórica fantasía arraigada en las primeras historias del bosque, sus misterios, sus mapas llenos de laberintos salvajes, toda su planetaria economía vegetal y su arrulladora vida nocturna. Estos cuentos llevan una lámpara, un talismán, una brújula, y buscan un lugar donde descargar sus miedos. Están hechos de sorpresas, de premoniciones, y llevan el candoroso efluvio animal de la lechuza y su agorera presencia en la historia.

Leonardo Gutiérrez Berdejo escribe desde sus primarios instintos, se desdobla, sugiere una intemporal atmósfera de tiempo y espacio, cuyo discurso nos alarma desde la primera línea. Lleva consigo una carga emocional, un recuerdo de niño y una tristeza para recorrer los senderos más recónditos de la fábula, para reordenar las ideas del tiempo a través de una ecología más parecida a las palabras, al lenguaje geográfico donde aún permanece intacto en la sombra el canto de la lechuza. Gira el cielo y las alas trazan la suave escritura del verano, los signos transparentes de una palabra distinta, la del gran zoológico de la historia. La lechuza es un símbolo de la antigua belleza de la noche, de todo su misterio y de todas las historias de los que van por los caminos sin rumbo. Estos cuentos sintetizan la voz subterránea de los animales, sus universos y su intrincada vida en la otra orilla del sueño de los hombres. Las aves de la noche saben dónde habita el sueño, dónde los milagros tejen su sombra, en qué orilla del tiempo las brujas como Lilith sembraron el miedo en la memoria de los niños, en la tradición de los pueblos del Caribe como Macondo o en las Sagradas Escrituras.

Es libro es un collar en cuyas perlas de manera agorera se esconde algún misterio, alguna premisa, y está cargado de asombros muy viejos. Tan viejos como la lechuza.

Giran en torno a esa hoguera donde nacen todas las historias, los mitos, el sueño verbal de los chamanes, las fábulas de los antiguos. El bosque conoce todos los secretos y la lechuza los vigila con ojos de luna llena desde su escondite. En otra estrofa del mismo poema, Elegía para NN, Milosz escribe:

La cabaña donde te despojabas de tu traje antes del baño

se cambió para siempre en un cristal abstracto.

Y en él está la oscura miel de la tarde, junto al balcón,

y las pequeñas lechuzas, graciosas, y el olor de los arneses.

Gira el cielo nuevamente bajo el espeso plumaje de la estrigiforme, bajo la danza agorera, mientras el tiempo recoge las últimas cenizas, los despejos de la noche. Amanece.

Leonardo Gutiérrez Berdejo, Barranquilla, Colombia. Creció y vivió en Sabanagrande (Atlántico) hasta cuando en 1970 se residenció en Bogotá. Economista, docente y escritor. Estudió en el Colegio Barranquilla para Varones y en las Universidades Central y Externado de Colombia, de la capital del país.

Por su desempeño docente en varios centros académicos del país, ha sido distinguido en tres oportunidades con importantes menciones honoríficas. De otro lado, su compromiso social está ligado a la causa de la defensa de los

Derechos Humanos, así como a la de los trabajadores. Y en los ámbitos intelectual y académico, su preocupación esencial estriba en la reflexión sobre la problemática económica, política y social que se origina en las nuevas tendencias ideológicas.

Autor de varios artículos y de un buen número de ensayos para conocidas revistas, se ha destacado como defensor del medio ambiente y crítico de las prácticas corruptas y antidemocráticas de la clase dirigente del país. Entre sus trabajos académicos se destacan *Manual de instituciones económicas internacionales e integración regional* (1996) y *Economía internacional* (1998). Su primer trabajo literario fue el libro *Knouwe y otros cuentos* (2010). Fue ganador en el Segundo Premio Eutiquio Leal de la Universidad Autónoma de Colombia y del Taller de Escritores Gabriel García Márquez (2012), del cual hace parte desde hace varios años.

Presentación

Estos cuentos fueron escritos a lo largo del año 2015. Están inmersos en lo ficcional. Son cuentos dispersos en el tiempo y en la temática, aunque los personajes y los escenarios también lo están. Algunos relatos buscan dar cuenta del estado anímico y de los presagios que en ocasiones acosan a los seres humanos; otros tratan sobre la indiferencia social y lo fatal que resulta olvidar la historia. También se encuentran aquellos en los cuales se plantean situaciones o momentos tomados de la intensidad de lo real, de ayer o de hoy. En casi todos es evidente la influencia de la cuestión medioambiental y del intenso verano padecido. Aunque el frío hace lo suyo. Esta es la razón del aroma percibido por la supervivencia que se desprende de algunos de ellos. El desastre ambiental que observamos en muchas regiones ha sido causa de ciertas vivencias y situaciones que originaron la idea de algunos textos, elaborados en cierta forma como homenaje a la vida, pero nada tiene que ver lo uno con lo otro.

Con algunas breves correcciones, se reproducen dos cuentos del libro *Knouwe y otros cuentos*. Son ellos *La papelera* e *Indecisión*. Además, y con el ánimo de brindarle al lector un espacio para el descanso entre un relato y otro, se han insertado algunas reflexiones y pensamientos. Con seguridad, ambos cumplirán su cometido.

En cada uno de los relatos prevalece la idea de la vida, y ciertos elementos de la naturaleza, del tiempo y del drama de todo ser viviente. El interés fue construir con ellos lo que la imaginación y los sueños permitirían. No existió otra pretensión. De ahí la presencia de algunos animales: el perro, el tigre, la serpiente, el cocodrilo, la lechuza y la hormiga. La literatura es refugio y entretención pero, como todos lo sabemos, es también un camino para conocer a los pueblos, sus ambiciones, conflictos y amenazas. Finalmente, deseo que este libro contribuya al bienestar de las futuras generaciones, ya que, con toda la imaginería ficcional que pueda contener, pone ciertos temas o situaciones – como el clima, la indiferencia social y el olvido de la historia, por citar solo estos– en cierta perspectiva, en busca de avivar una actitud mucho más responsable y consecuente con el medio ambiente. Con todo, el trabajo es una muestra cierta de que ni el calor del verano ni la amenaza ambiental ni el frío del invierno pueden apagar los sueños y la ficción recreativa que se espera imprimir en los relatos.

Leonardo Gutiérrez Berdejo

Olfato

Todo comenzó con uno de esos raros presentimientos de Kayra. A menudo la acosan esos presagios. Así ocurrió esa mañana. Amanecía. Era verano. El calor infernal de las primeras horas presagiaba algo trágico. Así lo olfateó Kayra y así me lo transmitió.

Desesperados por el augurio, corrimos como nunca antes lo habíamos hecho. A ratos nos deteníamos para descansar un poco, pero seguíamos corriendo. La lengua casi nos llegaba al suelo. Exasperados por el peso de la premonición, jadeábamos y sudábamos como caballos de carga. Llegamos justo en el momento en que alguien dijo que el bus estaba a punto de partir. Cuando terminó de decirlo, nosotros ya estábamos agazapados en el interior, debajo de un maloliente asiento. No sabíamos para dónde íbamos, pero la fuerza de la creencia terrífica nos aferraba a estar allí. Experimentados como somos para burlar controles, nadie nos vio subir; de lo contrario, nos hubieran arrojado fuera, como a perros callejeros.

Una rápida mirada de inspección bastó para darnos cuenta de lo destartalada que estaba la carcacha. Nos pareció un montón de latas viejas mal aseguradas que tronaba por todos lados. El polvo de la suciedad nos puso a estornudar. Una voz llegó hasta nosotros y escuchamos decir, que no habían tenido tiempo de revisarlo, que el conductor era un aprendiz, que no le habían entregado la autorización para conducir, pero que, para soslayar eso, llevaban unos cuantos pesos para cuadrar las 'mordidas'. Esto último sobre las "mordidas" no lo entendimos y por eso Kayra soltó un gruñido corto y bajo en señal de defensa, ya que llegó a creer que se referían a nosotros. Pero, lo primero que dijeron sí que nos quedó claro. Era ese algo que le faltaba a Kayra para convencerse de la certeza de la premonitoria inquietud con la que había amanecido, de la que me contagió y a la que nos resistíamos en creer. Pero así era. En ese instante, en el estrecho espacio en el que nos encontrábamos, debajo de ese asiento desgastado por el tiempo, aprisionados por un calor diabólico, decidimos a cualquier precio acompañar al gordito de Fredy, nuestro amo, y al resto del grupo de niños. Al lado del instinto olfativo, la lealtad frente al peligro, es lo nuestro, pero para Kayra, es mucho más, cuando se trata de algo siniestro. Ella tiene el don de predecir la fatalidad. Kayra anda siempre cargada de sospechas, inventando historias raras y haciendo gala de su instinto y de su pelaje blanco y café, muy propio de su raza pero, cuando ella tiene una corazonada resulta ser casi siempre cierta, como lo fue la que ese día la asaltó.

De ella se han dicho muchas cosas y, hay que ver su presunción cuando se trata de contar sus aventuras, de alardear de su poder olfativo, de la agudeza de su oído y del sigilo extraordinario que lleva en la sangre. De algunas de sus proezas y dotes he sido testigo pero, otras, por lo exageradas, no las he creído.

Ese día, un poco antes que la carcacha prendiera el motor, con todos los niños sentados, a pesar de sus largas orejas, pude verle el susto que tenía. Yo no sabía el por qué, pero una vez que nos agazapamos lo mejor que pudimos, muy pasito, casi al oído, me alertó sobre lo que su olfato fue capaz de detectar. Yo, de inmediato, también entré en susto cuando me lo contó, y alisté un ataque, igual que ella. Temblaba pero, no por lo que Kayra me acababa de contar, sino por lo que pudiera ocurrirles a uno cualquiera de los niños, como en efecto ocurrió. A ese detalle se sumó la revisión que un poco más tarde alguien hizo, puesto por puesto, en el bus pero, Fredy nos lanzó un trapo encima y nos ocultó, apenas a tiempo.

Con la carga de una pesadumbre que asfixiaba su mirada me dijo que un ser extraño se había subido al cacharro sin que nadie lo observara. Era la desgracia misma, el augurio en forma de muerte, la premonición que desde temprano la acosaba, agregó. Estaba escondida, como nosotros, camuflada en la parte trasera, entre la última banca y el espacio que hace de maletero. Cuando me contó eso, yo me resistía a creerle. Pero añadió que la identificó por el olor, por el aspecto macabro y la espectral vestimenta que escondía una osamenta fétida y vetusta, solo perceptible a olfatos fuera de lo común. Le creí, entonces. Vi cuando quiso espantar lo que solo ella olfateaba o presentía pero, desistió de hacerlo. De haberlo hecho, el gruñido nos habría delatado y habríamos terminado fuera del bus. No queríamos eso. Luego me contó que cuando, momentos antes, el Pastor llamó por sus nombres, uno a uno, a los niños para que se subieran y se acomodaran en los puestos, con anterioridad asignados, era como si los estuviera enviando con pérfida intención a los propios brazos de la *cosa* siniestra. Cuando Fredy lo hizo, no tardó en descubrirnos, el olor nos delató, pero nos regaló una cariñosa sonrisa y se acomodó cerca de nosotros. Nos ocultó con sus piernas. Por el zumbido que provocaba el movimiento a mil de los rabos, otros niños se percataron de nuestra presencia y también se alegraron. Ahora creo que era una alegría cargada de dolor.

A la extraña bestia no la llamaron. No podían llamarla, porque no era invitada y menos deseada en ese lugar. Su presencia solo presagiaba sufrimiento al interior del bus, como lo auguró Kayra y como lo presagiaba el calor abrasador de la mañana. Es cierto, nosotros tampoco éramos invitados, pero eso era diferente. Nosotros éramos nosotros y eso era mucho decir. Conocíamos a todos los niños; a leguas distinguíamos su olor, sus pisadas; además, allí, estaba Fredy, con su cara regordeta y sonriente con casi todos sus amigos que eran también nuestros amigos. De no ser así, nos hubieran echado del bus de cualquier manera. El Pastor subió después que todos lo hicieron y se acomodó en una de las últimas bancas. Detrás de él estaba la *cosa maligna*, el augurio con forma de bestia que solo Kayra, con su poderoso olfato, podía detectar. Con dificultad, yo logré, finalmente, identificarla después.

Desde el mismo instante en que Kayra, aterrorizada, me dijo lo que había visto, yo no dejaba de temblar. Lo peor, sin embargo, llegó cuando Kayra me contó que el espectro había asomado el armazón de su cadavérica cabeza para contar a los niños. Con una mirada cargada de intriga, nos preguntamos, ¿por qué habría de hacerlo ella? Nosotros ya lo sabíamos pero, *el aparecido* para qué lo hacía. Fue entonces cuando nuestras sospechas aumentaron para dejar de serlo y convertirse en una tétrica verdad, más aún cuando Kayra la vio mostrar una malévola mueca, acercar lo que en ella hacía de boca al oído meloso del Pastor y barbotearle palabras que, al comienzo, no entendía. Así me lo contó. Entonces, como suele hacerlo ella, agudizó su potente oído y escuchó lo que la cosa le mascullaba al otro. En ese instante vi dibujarse el terror y la angustia en los ojos saltones de Kayra. Temblaba, más de rabia que de otra cosa. En ese momento no supe descifrarlo. No queríamos creer en el final trágico que se avecinaba para alguno o quizás para todos nuestros amigos, quienes ahora formaban un confuso bullicio de risas y cantos. Fredy era el más alegre de todos. El Pastor mostraba una tranquilidad cómplice, llena de sospechas. Tenía la mirada perdida en el vacío. Nosotros, estábamos atrapados entre la rabia y el obligado sigilo. Hicimos, entonces, lo que teníamos que hacer en esos casos para ahuyentar la sombría figura, pues sabemos cómo tratar a esos maléficos infernales. Lo habíamos aprendido y, en muchas ocasiones, también lo habíamos practicado: primero, lanzamos el gruñido de espanto, luego, el asomo de colmillos como dagas hambrientas, después, el despliegue de orejas, cual velas bravías ensanchadas al viento y por último patas y cuerpo en posición de ataque… un instante de hórrido silencio y listo…¡el salto del ataque final! Todo eso hicimos, como lo señala el manual canino de defensa y ataque pero, de nada sirvió.

Fue en medio de esa atávica quietud, en ese silencio sepulcral y todo empapado por el sudor de bestia que en ese lugar achicharrado se daba, que pude darme cuenta, lo confieso avergonzado, de la hermosura de Kayra: sus orejas largas, su hocico negro, siempre húmedo; sus tetas dulzonas, sus afilados colmillos, su trasero — ¡ánimo de los cielos!—, su trasero danzante con olor a festín, enmarcado por un provocador rabo, me habían atrapado por completo. Ella es única, pensé. Recordé entonces lo que alguien dijo alguna vez en una correría nocturna acerca del pasado de Kayra, un pasado repleto de misteriosas aventuras e insólitas hazañas. Como se supo mucho después, ella no había conocido a sus padres pero que sobrevivió gracias a su coraje y a su vivaz ingenio. Creí en las hazañas que me había contado en las tardes, cuando juntos salíamos a cazar conejos y codornices.

Al final, luego de otra revisión, a mí me lanzaron fuera del bus como a cualquier sarnoso. Kayra supo mimetizarse para quedarse allí, al lado de Fredy y de los otros niños, para defenderlos, a como diera lugar, de cualquier amenaza. Antes, alcanzó a comunicarme lo que había escuchado del pacto entre el Pastor y el espectro y en el que éste le garantizaba riquezas y vida eterna a cambio del sacrificio de los infantes y, por eso, solo por eso, ella se quedaría para salvar, al precio que fuera, a todos los niños. Y especialmente a Fredy, lo enfatizó.

Cuando la caja tronante se puso en marcha, quise seguirlos pero, al escuchar los gritos de los padres de Fredy llamándome, paré en seco. Di la señal de alerta empleada para estos casos; ladré de varias maneras pero, nadie me entendió y tampoco nadie quiso seguir al bus.

Ese día, por el contrario, bajo un sol mortificante me enlazaron y, como nunca lo habían hecho, me metieron en un corral como a cualquier vagabundo. Aullé y pataleé pero no comprendieron mi desesperación. Ese mismo día, en horas de la tarde, por los llantos de dolor de la gente me enteré de la tragedia ocurrida en la carcacha y en la que el fuego acabó con la vida de un niño. El Pastor y todos los demás niños, lograron sobrevivir al ataque certero de la bestia. Salté de alegría al saber que Fredy también había logrado escapar del fuego, pero no fue así. Tampoco supe nada de Kayra. Nadie daba razón de ella. Desde ese momento mis aullidos de dolor se agudizaron, y así pasé muchos días y muchas noches. Nada ni nadie podía callarme, ni siquiera la amenaza de enviarme a la perrera municipal. Nada me importaba ya. El augurio de Kayra resultó ser cierto.

Tiempo después, un perro viajero pasó por aquí y me contó lo que oyó decir acerca de la valerosa hazaña realizada ese nefasto día por una perra de orejas largas, como la que yo le describí. Dijo que esa perra arriesgó su vida tratando de salvar a todos los niños pero, que no alcanzó a rescatar al único niño que murió abrasado por la mortal bestia incendiaria; que desesperada la ven correr por muchos sitios detrás de algo que ella, y, solo ella, parece ver. Hay quienes creen que enloqueció y persigue fantasmas, pero son muchos los que afirman que es a la propia muerte la que persigue con saña, y ésta huye despavorida para escapar de su furia.

En medio del dolor que cubre la casa, al saber esto, me alegré; de inmediato supe que era Kayra y, como en otras anteriores ocasiones, resultó ser cierto lo que me dijo cuando se quedó agazapada en el bus: que si el presentimiento que tenía sobre el pacto entre el Pastor y la "bestia" se cumplía, perseguiría a ésta hasta el propio infierno si fuese necesario. Ese día, por fin, me convencí de lo irrefutable que resultaban los presagios de Kayra, lo cierto de su potente olfato y que, algún día, ella volvería a mí después de cumplir lo prometido. Mientras tanto yo, adolorido por la ausencia de Fredy y en medio de una soledad enfermiza, seguiré en esta perrera pero, recordando esa amistosa oliscada de trasero que a Kayra le di. Fue hermoso. Volverá. Lo presiento.

Impedimentos

En un país, no muy lejano y cuyo nombre callo por razones obvias, jamás se ha podido tramitar en el Congreso una ley que castigue a los pícaros y a los corruptos. La razón: al momento de discutir el proyecto, todos los congresistas se declaran impedidos o se hacen incapacitar. De este modo rompen el quórum necesario para aprobar dicha ley.

El último sol

Es una decisión difícil para mí que a menudo me veo sacudido, una y otra vez, cuando menos lo espero, por el pánico que me causa ser descubierto en momentos en que pierdo el equilibrio espacial. Al final decido hacer el recorrido caminando. Desde hace algún tiempo no hago este ejercicio. La distancia no es mucha y el deseo de observar y dejarme envolver por el atardecer de la ciudad es grande. Son dos razones difíciles de ignorar. Tomo la vía que mejor me conduce al centro de la ciudad y alcanzo con inusitada rapidez el costado oriental. No escapa a mis limitados sentidos la provocadora imagen corpuscular emitida por un inmenso haz luminoso que se cuela amenazante en las calles, unas veces sofocante y otras veces lujurioso que revolotea con el aire seco que inunda el ambiente. Es sábado. Son las cinco de la tarde y la vía que he tomado siempre está atiborrada de gente a esta hora. Por instantes, atiborra este espacio de ciudad que hoy pienso recorrer. Casi nunca me doy tiempo para responderme de dónde sale esta masa de seres que se mueve de un lado a otro, sin un propósito aparente.

Paso por el frente del Museo de Historia Nacional y miro la hilera de carros, todos últimos modelos, parqueados al frente del viejo edificio que recoge la historia de nuestro país. "La historia del país custodiada por las transnacionales de la industria automotriz", me digo, y suelto una leve carcajada para mis adentros, pero continúo mi camino. No quiero problemas con los guardaespaldas. Temo que me hayan escuchado. Ellos son "perros de caza". Olfatean todo. Están bien armados. Observan cuidadosamente cada detalle en cada uno de los seres que por allí nos movemos. Sospechan de todo y de todos.

Nada escapa a sus figuradas creencias de las que siempre están bien acompañados. Escuchan e informan a los superiores todo lo que olfatean, como buenos perros. La ciudad está asediada. La masa está controlada. Cada individuo es una ficha debidamente organizada en un cedulario. Una cédula contiene datos de importancia para asegurar la obediencia. La fidelidad es fundamental, no debe haber obstáculos. Los lobos siempre serán lobos. Los corderos nunca dejarán de serlo.

Llego a la parte de la ciudad que divide el sector sur del norte y dudo entre dirigirme al oriente para bordear el cerro que la rodea o continuar sin desviarme con el plan original que me he trazado hasta llegar al Parque de Los Periodistas. El sol parece escabullirse entre los edificios, pero la tarde continúa con su claridad envolvente. Es débil pero perdura aún. Da la sensación de seguirle los pasos al haz luminoso. Pienso en muchas cosas a la vez cuando de pronto me veo sacudido por la fuerza bruta. Bamboleo de un lado a otro como un maniquí de trapo. Trato inútilmente de prenderme a un solo pensamiento, para desviar mi atención, cuando de nuevo percibo que no puedo sostenerme en pie. Un nuevo rayo sacude despiadadamente mi cabeza, parece estallar. Es inútil, está presente: siento mi cuerpo tambalearse. Con la escasa picardía que aún me queda, rasgo con mis uñas un aviso pegado a un poste que se atraviesa a mi paso, simulo estar en un trance desesperado de angustia, dolor y rabia a la vez y me aferro al mismo y a su olor a cal como a un amigo. Pierdo la noción del tiempo y no sé cuánto permanezco abrazado al poste con los ojos cerrados. Un sueño profundo se apodera de mí. Me sobrepongo y abro los párpados. Observo que en algunos trechos la tarde es diáfana, alegre y juguetona, pero en otros es triste, melancólica. Pienso, con cierto descaro y, con una bien montada hipocresía teatral, descubro detalles nuevos en la vieja calle por la que deambulan miles y miles de personas sin rumbo, cavilo con cierta altisonancia íntima acerca de que la gente no sabe caminar, "menos observar", agrego, pero mi arrogancia se ahoga en el vacío y sucumbe con movimientos torpes. Pasan por encima de todo sin importarles nada. ¿Quién, acaso, se ha detenido a mirar los millones de diminutos rayos de sol que se cuelan por entre las gentes, los callejones y las horribles casas? Forman figuras curiosas y extrañas. Ellos son libres, yo no lo soy. ¿Qué es la libertad? Unas veces se aferran como alimañas a tu cara, tu ropa y tus zapatos. Te persiguen, te acosan. ¡Mantente en pie!, ¡no desmayes!, ¡no caigas! ¿Dónde está el sol que guía mis pasos? Se me escapa una y otra vez, es muy escurridizo. Siento tamborilear mis oídos. Es un ruido intenso y desesperante. Muchas voces, muchos sonidos sin ritmo. Silencio, no hay silencio. No sé cuánto tiempo ha pasado y trato de dar algunos pasos, pero mis pasos están fuera de control. Vislumbro luces confusas de muchos colores en las paredes. Veo gente estupefacta, mirándome.

Se apartan de mí. Náuseas, ciento náuseas. Por fin me armo de valor y de una oculta energía que me resta y avanzo. En medio de la dificultad para atravesar una calle ancha repleta de vehículos, alguien me pregunta: — ¿Le ayudo, señor?—. Rechazo el auxilio, el temor a ser tocado se acrecienta, ellos no ven el sol, nunca han contemplado la primavera ni el otoño pero sí miran mi zigzagueante caminar. — ¡Una limosna, por favor!—, escucho una voz lejana a mi lado y siento temor. ¡Angosta, Angosta! Todo me resuena en el oído y se me viene a la memoria el autor del libro. —Le hago de todo, señor, de todo—, me susurra una joven al oído. No la miro, ni siquiera quiero verla. No puedo, la cabeza me gira como un muñeco. Moneda, inflación, crisis, ¡tanta mierda económica! Asusta la imponencia del gran banco que ocupa toda una manzana.

Uno o dos minutos después, siento venir la somnolencia y, ahora, es el ruido intenso el que me desespera. Trastrabillo pero no caigo, alguien me sostiene. Dando muestras de que estoy bien, aparto su brazo de mí.
Todavía es clara la tarde. "Alcanzo a llegar", me digo, casi en voz alta. La tarde se resiste a morir en medio del gentío. Se desborda sobre el asfalto. Llego al parque de los periodistas y me acomodo en la única banca desocupada. No sé cómo lo he logrado.

— ¿Necesita algo, señor? —Me pregunta alguien, luego agrega—: puedo ofrecerle algún escape. Lo dudo e ignoro a quien así me habla. El sol ha logrado sobrevivir y lo veo colarse por entre la maraña de edificios, un pequeño lago de luz aparece frente a mí. Me acompaña. Nada ha podido contra él. Las baldosas resplandecen y la pintura de las casas se muestra agreste. Luchan contra la oscuridad. Una larga mancha roja pasa velozmente y una bandada de palomas, cabezas blancas, revolotean altaneras a mi alrededor. Nubes grises en el cielo. Un agudo silencio se escapa hacia los cerros, mientras de allá arriba se escurre un frío intenso y demoledor. Tirito. La pesadez de mis párpados continúa y me encuentro solo ¿Quién soy? ¿Soy yo? Una serena tranquilidad y vagos recuerdos me acompañan en medio de un cansancio insoportable que me mortifica. Doblo los brazos y observo la tarde morir entre las tinieblas con el último sol de la ciudad.

Sueños

Cierta noche soñé que el mundo era, simplemente, una gran bola de miel, pero alguien me explicó lo que en realidad era y desperté de inmediato. Desde entonces, aborrezco la miel.

En este desierto no hay sombras

Los días y las noches en este desierto son lúgubres y trágicos. También así son los habitantes que deambulan por aquí. El calor durante el día y las heladas noches te sofocan hasta el delirio, no te dejan respirar, igual que las voces y los ruidos que aquí se escuchan. La mirada y el andar de los habitantes del desierto, así como el calor y el frío **d**el día y de la noche, te sofocan y te asfixian; su manera de caminar es tan extraña como sus propias miradas, y hasta sus voces, lánguidas y escuetas, parecen ausentes de todo. Una vaga sensación invade mi mente: están lejos de ser humanos. La ausencia de sombras me niega el mundo. Presiento la eternidad cuando creo haber llegado hace un instante a este lugar desconocido para mí; la búsqueda de un meteorito que lo destruyó todo sin dejar vestigios, cual rayo devastador, me empujó hasta acá.

He perdido la noción del tiempo. También del espacio. No sé cuándo ni cómo llegué. Me repito a diario que una vez encuentre el fragmento de piedra o de metal, me iré y no regresaré jamás, si es que para entonces he logrado sobrevivir a este sofocante calor, al intenso frío y al coro de voces que me hunden en la desesperación, y vagan y vagan, tanto de día como de noche, sin saber de dónde vienen ni a quién están dirigidas y que a toda hora me rodean y asfixian. El peso de las lúgubres y ausentes miradas de los pobladores recae sobre mi espalda, agobiada por la carga de la incertidumbre. Aun así, con este enorme peso, debo permanecer atado a este maldito lugar, a sabiendas de que la tragedia y la resignación parecen haberse instalado para siempre; y, por lo visto, de aquí no se irán jamás.

Camino al desierto. Mi mente atormentada se desliza entre la fina arenisca y el coro de voces, y el recuerdo, pesado y sombrío, me lleva de regreso al lugar de donde partí, aunque creo que es solo un sueño. Lo dejo transitar en mi memoria. Me encuentro enfrascado en lecturas sobre posibles sitios y fechas de perdidos meteoritos. Una de ellas, me lleva al lugar en el que habría caído uno de ellos. Una fuerza irresistible me aborda y suspendo la lectura, cierro el estudio, tomo un vaso de agua, me aliso el cabello con las manos y salgo disparado a la calle. En otros tiempos fue mi espacio, mi todo. El viento vespertino, veloz y frío, no puede alcanzarme y al instante me veo dirigiéndome a comprar el tiquete que me trajera a este lugar. Camino tal vez dos cuadras, me dispongo a pasar a la acera de enfrente cuando… no recuerdo más: la calle, siempre la calle, el viento frío, la tarde brumosa, la acera inalcanzable, el ruido amenazante de un motor y, luego, un extraño golpe seco y… todo es oscuridad en mi cabeza, no sé si alcancé a llegar a la otra acera.

Ahora, heme aquí, en este lejano y desolado desierto repleto de árboles secos y sin sombras, lleno de voces huecas y de olores que te queman el olfato. Procuro apartarme del maldito enterrador. Su mirada lejana y su túnica negra me agobian, igual que esa puntiaguda pala siempre en sus manos, esqueléticas y amaneradas que, las más de las veces, escapan a mi vista; me persigue a dondequiera que vaya. Solo espanto me causan tanto su mirada pérfida como su actitud cadavérica. Tomo la calle que conduce, trescientos metros más allá, al extenso desierto sin sombras que parece no tener fin. Unos pocos metros antes distingo el cementerio, si es que a cualquier lugar sembrado de un puñado de cruces esparcidas por aquí y por allá y ubicadas sobre pequeños montículos de arena, se le puede llamar así. Camino escasos metros y los gritos de una mujer atraen mi atención. Me dirijo hacia el lugar de donde provienen, pero los gritos se van alejando a medida que avanzo. Dejo de escucharlos y el silencio total me rodea: estoy en la mitad del cementerio, la mayor parte de las fosas están abiertas, las tablas de los ataúdes se encuentran dispersas por todos lados y varias cruces están quebradas y esparcidas por el suelo. Solo una cruz se levanta frente a una fosa: es mi propia cruz y tiene mi nombre y mi fecha de nacimiento. Veo al maldito enterrador con su mirada fría y desdeñosa invitándome a entrar, pero yo me retiro atemorizado; regreso al lugar de donde he partido para continuar mi marcha hacia el desierto en busca del meteorito.

El enterrador me sigue. Su mirada perdida en el espacio va conmigo, lo sé. Solo desconfianza, incertidumbre y temor me causa este hombre que no parece serlo, aunque ya no me extraña su manera de ser y de mirar. Su oficio es causar temor, si no terror. No siento mis piernas, vago un buen tiempo por el desierto y decido volver al destartalado hotel donde me encuentro alojado. El cansancio se ha alejado y salir de este encierro es mi mayor deseo. Quiero irme de una vez por todas, pero un coro de voces parece impedirlo. Una vez más, como tantas veces lo he hecho, le pregunto a la vieja escurridiza del hotel, vestida siempre de blanco y con la cara enjaulada en su cuello, por el tren que pasa por este lugar. Ella me responde que en cualquier momento llegará, luego se pierde entre los pasillos blancos de la casona. Siempre me responde así, que no es el momento de partir, y luego se va. El enterrador me mira desde la otra acera. El color blanco y el olor a yodo me acosan y se adhieren a mí.

Salgo del hotel y busco alejarme lo más que pueda de la vieja vestida de blanco, aunque más del enterrador, y me encuentro en una calle cualquiera. El sofocante calor ha escapado y el frío todavía no llega; parecen haber desaparecido. Yazco aquí escuchando extrañas conversaciones y el tintineo de los tenedores sobre la loza. Llegan de lo que creo es un restaurante, me acerco para indagar mejor y solo el aroma de la comida llega hasta mí. El lugar se encuentra cerrado y solitario. Solo se escuchan las voces. Muchas veces me ha ocurrido esto y ahora recuerdo que este restaurante nunca está abierto, solo se escuchan las voces y el tintineo de los tenedores; también de los platos y los vasos. Me aparto. Tomo el camino en dirección a la iglesia, de donde me llega el sermón del cura, las apenas perceptibles plegarias de los feligreses y el sonido de una música que brota de un piano. Ya no me molesto en ir: sé que nunca está abierta.

Doy vueltas y más vueltas por las calles de brillo mortecino que parecen abrirse a mis cansinos pasos. Todas conducen al mismo lugar: al cementerio. Una de ellas lleva al desierto. En todas se aparece el maldito enterrador. Trato de encontrar a las personas de donde provienen las voces apagadas, los llantos y las risas, los murmullos y lamentos que siempre se oyen por doquier, pero no encuentro a nadie. Una soledad eterna lo invade todo: no hay sombras; solo viejas y derruidas casas invadidas de tristeza, de soledad y de voces ocultas. Paso por la taberna a la que siempre voy los sábados por la tarde, y percibo las agrias discusiones y los golpes secos de las botellas de cerveza y de las fichas del dominó azotando las mesas. No es posible entrar: me han cerrado el paso, e igual que la iglesia y el restaurante se encuentra también cerrada. Siempre han estado así. Los pasos ligeros de cualquier niño sobre un piso de madera me distraen. Me doy cuenta de que no son de nadie, lo único cierto es el crujir de la madera que percibo con claridad diamantina.

Muchas veces me he preguntado si esas voces huecas y ausentes, si esa música lúgubre y lejana, si esos ruidos repletos de tormento solo existen en mí y si son o no reales. Entonces me pregunto cómo llegué, qué hago aquí en medio de este desierto y de las gentes de esta lejanía: preguntas sin respuestas. Una incertidumbre total me cubre. El blanco y el olor a yodo, cada uno por su lado, me acosan y se adhieren a mí.

Siempre he creído que toda pregunta está llena de incertidumbre, esta vez no. Mis preguntas flotan en el vacío, en un vacío donde nada encaja, en un espacio que no es espacio, en un tiempo que no es tiempo, y en medio de unas voces que quizás alguna vez lo fueron. Me siento atado a algo que desconozco y prisionero de un tiempo que no es mi tiempo; de unas voces que no provienen de nadie y en medio de una intensa luz que parece eternizada en un lugar, en cualquier lugar del desierto de ninguna parte. Quiero salir de aquí pero mis piernas no responden y mis pies me han abandonado. A cada instante imagino que este lugar no existe, que está solo en mi vapuleada imaginación que ya no aguanta más. Quiero olvidarme del meteorito y de la tragedia que causó, porque ahora la tragedia verdadera es mi propia tragedia, la de querer abandonar este sitio de ningún lugar en el mundo. Dudo de mi existencia; hace días, lo recuerdo bien, no pruebo alimento alguno y no he tomado un sorbo de agua desde que llegué y, sin embargo, me siento bien, no me hacen falta el agua ni el alimento: es como si mis órganos hubiesen desaparecido o hubiesen cambiado de estado a un nuevo ser, sin tiempo y sin espacio, rodeado de voces y olores y del enterrador con su mirada ahuecada y su vestido negro. Solo la calle con sus aceras transitadas me hace falta.

En este instante, tendido como estoy sobre una dura loza, imagino que soy un ser en un tiempo que se eternizó, en un espacio sin espacio que, en ocasiones toma la forma de un desierto sin luz, pues nada le hace falta. Escucho por enésima vez a la vieja del hotel, vestida de blanco, de cara enjaulada, que el tren está próximo y que pronto llegará, pero ahora no le creo, aunque en esta ocasión escucho el lejano e inconfundible sonido del silbato, y una ráfaga de humo negro, seguida de borbotones de humo blanco que semejan volutas de cigarro, me dicen que por fin la llegada del tren es cierta. Tengo lista mi maleta desde hace días, no sé cuántos, es posible que desde el momento mismo en que llegué, aunque creo que desde siempre. Salgo con ella a la estación del tren. No hay nadie más y no me extraña, como tampoco me extraña que en este lugar el aire se haya escapado, llevándose la luz a cuesta. No hay tiempo, solo sonidos y olores que no lo son, en un espacio que tampoco es espacio, es un vacío. Ahora no sé hacia dónde iré en caso de que llegue el tren.

Veo de nuevo a la única mujer joven vestida siempre con el mismo traje de color rojo intenso que rompe con la monotonía de colores ausentes. Me sonríe con la misma y única sonrisa triste de siempre y trato de acercarme a ella. Como las veces anteriores, me esquiva y se aleja para escurrirse por algún lugar que no he podido descubrir. Es altanera y arrogante, aparece cuando quiere y a la hora que lo desea. Me parece una mueca escapada de cualquier tragicomedia: sonrisa mímica, silenciosa, espacial, pero me atrae. El ruido de un motor siempre la acompaña. Ahora recuerdo que es la que me impidió pasar a la otra acera. A su lado, el enterrador con su vestido negro.

Llevo esperando en esta estación no sé cuánto tiempo, escuchando el silbato lejano del tren que nunca llega. Tampoco he contado los días que he permanecido aquí y no he podido ver esa interminable hilera de vagones. De nuevo siento el silbato alejarse en una lejanía que no parece tener espacio. Una vez más la crueldad del silbato me dice que se acerca. Lo siento pasar velozmente y alejarse. No se detiene. En la noche eterna del desierto se aleja para perderse otra vez, y muchas veces más en una lejanía sin tiempo ni espacio.

Me ha sido difícil entender que en este desierto no hay meteorito, no hay nada ni nadie. Solo yo en medio de un inexistente calor y de un ausente frío, rodeado del color blanco asido al aire y del olor asfixiante a cloro. Nada me extraña en este lugar en el que no hay sol, no hay aire, no hay tiempo: sonidos y sonidos que se acercan y se alejan y olores que te queman el olfato. Todo te aprisiona, te ata a este lugar. Tampoco hay sombras. Un espacio sin tiempo que tampoco parece serlo. Escucho el tren del eterno sonido venir hacia mí, pero nunca llega. No sé si es mi fin o apenas mi comienzo. Ahora sé que el tren nunca llegará a este desierto sin sombras, un vacío repleto de soledad; una soledad inundada de luces, de voces y de olores que te desafían por doquier. Una luz intensa sin sombras y sin tiempo; un tiempo y un lugar abrumados de vacíos y de sensaciones y deseos. El desierto sigue ahí; el enterrador no está, se ha ido. Todo lo demás es un olor penetrante a alcohol y yodo que me quema los sentidos. El ruido de una camilla que se desliza con suavidad. Unas pinzas que golpean contra un piso y lamentos fugaces y desesperados impactan mis cansados oídos. Parece no ser cierto y me resisto a creerlo: nunca alcancé la otra acera, la maldita mujer vestida rojo me lo impidió.

Sombrío

Lo sombrío no lo fuera tanto si al menos un rayo de sol llegara a iluminarlo. Solo que si eso de verdad sucediera, entonces, lo sombrío dejaría de ser lo que es.

La papelera

Prisionero del recuerdo de su cuerpo, mis huesudos dedos, envueltos en una delgada capa de nicotina, como ella me lo ha dicho, palpan por enésima vez la orden médica que me entregaron hace dos meses. Sé, por la lectura que me susurró casi al oído que, en la media hoja blanca utilizada por el reverso, se destaca el logo de la empresa de salud en la parte superior y, en la inferior, la precipitada firma del último médico. La hoja reposa sobre una hilera de libros ordenados en el anaquel más ancho del estante de madera, situado a la derecha de la entrada al saloncito que sirve de biblioteca. No hay señal en ellos que me indique cuál fue el último con el que me evadí. Palpo el canto de la madera del estante y, al hacerlo, me extasío en su figura...en su cadera, en sus pechos. Su figura, su cadera...mis libros. Me deleito en su aroma, me empapo en él. Cada fibra de mi cuerpo se estremece al recuerdo del roce de mis manos con su piel. Siento la calidez de la luz entrecortada y juguetona de la mañana entrar por la solitaria ventana incrustada en el lado opuesto de la entrada. La soledad se regodea y el pensamiento, arisco y necio, como un potro salvaje, se empecina en recordarla.

Todo aquí está dispuesto para que yo me desplace, de un lado a otro, sin que nada estorbe mis pasos perezosos dentro del estrecho espacio del salón y pueda reconocer y alcanzar cualquier cosa deseada, con solo pasar la punta de mis macilentos dedos. Mis dedos… su boca…Mis manos, cubiertas de polvo, se mueven ágiles, danzan sobre los libros. Pareciera que al compás del ligero o casi imperceptible escalofrío que las sacuden. Mi mirada, lejana, busca prenderse de un techo lejano que no logro divisar.

…cuando llega, viene envuelta en jazmín…ella sabe bien con cuánta delicadez empleo mis manos y mis dedos. Su silencio es un canto. Sabe guardar ese nuestro secreto. Desplazo lenta y delicadamente mi mano derecha por su cuerpo. La piel desnuda de sus labios entreabiertos gotean néctar y, luego, su delicado cuello… cuento una a una las piedras de su collar, mientras mi otra mano se desliza por sus caderas retadoras y fuertes. El tiempo, inexorable y fugitivo, parece no haber dejado surcos en su piel y no sé cuánto la ha acariciado el sol. No me importa. Percibo en mí ser toda la fragancia de su ser: canela y sándalo, jazmín y naranjo azuzan despiadados mis sentidos…

En uno de los rincones del saloncito se encuentra un archivador de madera de setenta centímetros de altura y de esquinas puntiagudas y. En los estantes, algunos libros semejan ser prisioneros resignados, y, a fuerza de palparles el lomo con las palmas de las manos, muestran una vetusta franja grasosa de suciedad. Guardan estricta alineación, como si por el frente se les hubiese pasado una regla y, por encima, un rasero, de modo que al observarlos de izquierda a derecha, de los más altos a los más pequeños, dejan ver un leve y armónico sesgo. Es una inclinación estética. Me recuerda su vientre…*su vientre…, desciendo desde la suave colina de sus pechos bravíos hasta la llanura que alberga ese jardín de dulzura… Corre, amado mío, corre como un venado, sobre los montes llenos de aromas. Tu ombligo es un ánfora donde no*

*faltan vinos aromáticos. Tu vientre, un haz de trigo rodeado de azucenas…
¡Mira, eres hermosa, oh, compañera mía! ¡Mira! Eres hermosa… tu
cabellera, tus hombros…*

Mucho tiempo he esperado que me contesten alguna de las llamadas. Con la
orden de consulta en mi mano derecha, en la que se delata con más fuerza la
mancha de nicotina, recuerdo enfadado las nueve u once veces que a diario he
marcado, durante los últimos cincuenta y cinco días, el número de teléfono
que me dieron en la empresa de salud. Lo he memorizado. Mis dedos se
deslizan sobre el teclado con sobrada pericia y graciosa velocidad. Marco el
número, siempre con la mirada pegada al techo del salón. Se me escapa una
mueca de disgusto, deletreo el número, marco de nuevo. Al otro lado de la
línea no hay respuesta, apenas un silencio, con sabor a espanto. El golpe
afligido sobre el dial al marcar los números martiriza mi memoria: seis, dos,
dos, uno, nueve…, repito, cual autómata, dígito por dígito.

*Evoco ese ritmo como la ternura de su vientre… —Dónde estás, Ángel Facal,
recrea mi memoria, quiero escuchar de nuevo tu hermoso canto: "…y tu
vientre es una ofrenda/ de los más dulces venenos, / donde florece la felpa/ en
un triángulo perfecto". En este maldito instante recuerdo que la orden ha
vencido y yo, que tantos libros he leído, tampoco, por desgracia, puedo leerla.
La orden carece de validez.*

Con amargura, agarro el papel y lo estrujo con fuerza entre mis manos hasta
formar una pelota. Como si lo hubiese ensayado muchas veces, palpo
suavemente, con la punta del zapato derecho la papelera de madera, color
caoba, situada a un lado de la mesa que hace de escritorio y a escaso un metro,
veinte centímetros del archivador de igual color, me coloco frente a ella.
Conozco el lugar con exactitud milimétrica. Con seguridad arrojo la bola de
papel en esa dirección. Fallo de nuevo. Quiero llamarla… ¿vendrá?

*…Con ella nunca yerro; me deleito una y otra vez en su dulce y excitante
capullo con cadenciosos movimientos, mientras mis manos sudorosas se
aferran a la única celda de las alocadas diástole y sístole…*

La pelota se desliza por el piso de baldosas. Me la imagino dando saltitos graciosos y grotescos. Con mi desdeñoso oído, sigo la dirección que toma y creo saber dónde se detiene. Me encamino a tomarla de nuevo, pero mi pierna izquierda tropieza con una de las patas de la mesa, pierdo el equilibrio y caigo. La caída es torpe, pesada. Mi cabeza tropieza contra una de las afiladas esquinas del archivador; una capa de sangre se extiende de inmediato a mí alrededor que me envuelve casi por completo. Con la escasa fuerza que me queda, alargo una de mis manos y tomo de nuevo la pelota para lanzarla otra vez a la papelera pero, al tropezar mi mano con uno de los bordes, la voltea, y, de nuevo, el envoltijo, rebelde y esquivo, rueda lánguidamente hasta detenerse, todo empapado de sangre, hasta rozar uno de mis dedos…, lo palpo con la suavidad adormecida de un pétalo. Mano y papel se entrelazan en un dialogo mustio. Se enternecen, copulan.

Sobre el brillo reluciente de las blancas baldosas, rebotan rayos de luces multicolores que entran por la ventana solitaria. Se reflejan en armonía, el amarillo cobrizo de la nicotina de los dedos y el caoba de la papelera, que descansa ahora sobre un charco rojo. La policromía semeja una danza alrededor de mi cuerpo tendido en el hambriento suelo. Una danza macabra… ¿vendrá ella?

Incomparable

Definitivamente, no es dado comparar la pluma del escritor con el fusil del soldado. ¿Ha visto usted alguna vez que una pluma de escribir dispare a matar o que un fusil sirva de pluma al escritor para plasmar una idea?

La higuera triste en el jardín de Eva

Desnudos y con la piel bronceada por el sol, Eva y su fiel compañero se pasean solitarios por el jardín. Es su Edén. En la lejanía de sus mentes reposa un eco de lealtad, pero desconocen si alguien más, igual a ellos, habita en el jardín. Les es indiferente, aunque saben de las fugaces apariciones de una serpentina figura que también merodea escondidiza por el jardín. La ignoran, siempre la han ignorado. El jardín es extenso y ellos dos se bastan.

Eva tararea una canción que se confunde con el susurro de las ramas de los árboles y con el trinar de las aves. No recuerda dónde ni cuándo la aprendió pero, es su canción. A él le agrada escucharla; celebra sus gracias con sonrisas y palabras cariñosas. Su ingenio le atrae.
Mientras la aurora del amanecer se extasía con el aroma de los frutos y se adhiere a las flores y a las plantas que crecen por doquier, ella, sonriente y juguetona, salta alrededor de su compañero. Alza los brazos y entrecierra los ojos repletos de un verde primaveral. Él disfruta del encanto de su cuerpo.

Hoy es uno de esos días en el que, con el roce de las petalosas hojas que se asoman en los húmedos tallos de las plantas, del adormitado cuerpo de Eva brotan aromas y cantos nerviosos. Su piel se eriza un poco y de su boca, entreabierta, se asoma una juguetona lengua que humedece sus labios, mientras sus manos acarician sus pechos. Son altivos y arrogantes. El bosque, todo íntegro se silencia a su paso. Las aves redoblan su trino. Otros animales corretean en celo.
Eva muestra una sonrisa a su compañero pero él se muestra indiferente; cariñosamente, la ignora y se va de pesca.

Él se desvela por prodigarle cuidados. No volverá sino hasta por la tarde. Con frecuencia, así lo hace. Confía en ella. Eva ha alejado la sonrisa de los labios y lo despide, sin mirarlo, con la mano alzada. Ahora solo la acompaña el deseo que se asoma resignado en cada fibra de su cuerpo. Sus conservadas nalgas se muestran soberbias y agrestes. Es altiva y airosa. El roce de sus muslos al andar le provoca ligeras convulsiones en todo su cuerpo. Hubiera preferido que su compañero se quedara con ella.

El jardín es inmenso y corre paralelo entre dos ríos El clima es seco. Crecen por doquier árboles, plantas y arbustos de todos los tamaños, frutos, sabores y colores imaginables. Por doquier, se ven florecientes perales, granados, manzanos de maravillosas pomas, mangos, anones, guayabas, higueras y verdes y elevados olivos.

Hacia la orilla de uno de los ríos se extienden los huertos repletos de legumbres de todas las clases, siempre frescas y lozanas. Sus fragancias se mezclan con la de las flores y atraen toda clase de aves y de insectos que juguetean de un lado a otro. Van y vienen, acompasando el caminar de Eva.

Un par de fuentes se deslizan serpenteando el camino. Cantarinas cruzan los numerosos caminos que se dirigen hacia cada uno de los lugares más frecuentados por Eva. Son cientos de caminos que, desde cerca, parecen entrecruzarse de manera caprichosa y absurda, pero observándolos desde cierta altura reproducen, a imagen y semejanza, las mismas figuras que las estrellas forman en el cielo, en las noches. Resplandecen coquetas y fúlgidas. Curiosamente son, estos caminos, una fiel imagen del firmamento. ¿Diseño o creación? No se sabe. A Eva no le importa.

Por el camino que conduce hacia una de sus fuentes preferidas por Eva, una higuera de grandes hojas se muestra adormecida, triste. Es el único arbusto que Eva no mira, al que no le habla, tampoco le acaricia sus hojas. Es un árbol de tamaño pequeño, aunque de diámetro grande y vigoroso. Su altura bordea los cinco metros, su porte es más ancho que alto, de hojas grandes y frondosas. Muestra su estirpe ornamental y su color otoñal. Su fruto de pulpa rosa y sabor intenso es tan apetecido como el de ella. La higuera lo sabe. También Eva. Ve a varios animales pasar y corretear por los senderos en afán de reproducirse.

Desde la distancia, una mirada furtiva y huidiza entre la multitud de árboles, se muestra vigilante de cada paso que Eva da. Es una mirada sigilosa, rasgada y hambrienta de pasión. Es la mirada de Nadayave, un joven apuesto, de mirada fogosa que, siempre, a escondidas, y, desde la distancia, observa a Eva pasear por el jardín. Del mismo modo que aparece, su figura pecaminosa está rodeada de un halo misterioso Su mirada, igual que su figura, percibe la inquietud que embarga a Eva. Hoy, decide abordarla y lo hace en el instante en que ella está cerca de la fuente de su predilección. Ella no sabe por qué le teme. En su interior anida un inexplicable temor hacia él. Pero lo desafía.

Siente el peso de su mirada fogosa. Los dos están en un terreno abierto y cubierto por una grama fina que forma un terso colchón, suave a la piel. Se extiende a todo lo largo y ancho un prado.

Eva lo mira acercarse y trata de escapar del lugar. En un santiamén, Nadayave se interpone en su camino. Ella recuerda que en anteriores ocasiones lo ha visto deslizarse por entre los árboles fisgoneándola, acechándola pero, no le reclama por esta osadía. Ahora, ya casi con el sol de la ternura derrotando las distancias y abrazando sus cuerpos, los dos intercambian algunas palabras. Él, también está desnudo. Los dos se contemplan. Nadayave es atrevido, insolente, le dice que no tema, que puede ofrecerle mucho, que es amo y señor también de todo lo que ella pisa. Ella no le cree, piensa en su compañero que está de pesca.

Un león ruge a lo lejos y Eva se espanta por un momento. Los dos sonríen. Ella lo observa desde la cabeza hasta los pies. Parece examinarlo. Detiene su mirada en su colosal falo, piensa en su compañero de nuevo. La pasión se acrecienta y se apodera de sus manos. Se estrechan en un abrazo, caen tendidos sobre el verde césped. Ahora, los dos son una sola llama, un solo respiro.

Nadayave acaricia sus muslos y. a todo trance, la acomete con su potente y erguido falo; la penetra una vez, luego, otra y otra. Son muchas veces. Es incansable. No se detiene y no da señales de querer hacerlo. Es fuego vivo, calor que no cede, llama deseosa que se muestra infinita, igual que la fuerza de cada penetración. Eva no cuentas las veces que la pasión de Nadayave entra en ella, aunque siente que cada vez que lo hace es como si una fuerza desmedida recorriera cada fibra de su cuerpo. Tiempo y espacio se confunden. Todo se apaga.

Amanece. Ella despierta con el cuerpo abatido. Cientos de arañazos y moretones la cubren por completo. Está débil pero aún tiene fuerzas para esbozar una leve sonrisa. Al levantarse, un manto de pudor la cubre y quiere ocultarse. Sus ojos escudriñan los alrededores como queriendo encontrar algo. Nadayave no está, lo ha visto deslizarse y alejarse velozmente, como serpiente huidiza.

Por primera se detiene a mirar la higuera a la que nunca ha determinado y se dirige hacia ella. La higuera parece sonreírle y explaya orgullosa sus hojas. Se ofrece a Eva. Ella se muestra afable y le arranca una hoja con la que se cubre de la cintura hacia abajo. Luego, toma otra hoja y se cubre el pecho. Su compañero, que la ha buscado toda la noche, llega hasta el lugar y la encuentra cubierta con las hojas de la higuera. Descubre los arañazos y le pregunta lo sucedido. Ella le responde algo. Celebra el ingenio de Eva y ríe. Tomados de la mano, ahora, desnudos los dos se pierden por entre uno de los muchos caminos. Mientras su compañero la observa, Eva avanza sonriente. Sus adoloridas caderas se balancean al compás de un inaudible ritmo que adormece a las plantas que crecen a la vera del camino en el inmenso jardín. Él celebra la graciosa ocurrencia de Eva. Siempre lo hace.

Borrasca

Cuando la borrasca perturba tu paz, no dudes un solo instante en aferrarte a la paz con más fuerza e ignora la borrasca.

3:52 p.m.: Muerte en el parque Güell

Tres días después de haber llegado, recibo la orden de matar al jamaiquino. Estoy en la habitación de un pequeño apartamento situado en la céntrica avenida Matadepera. Sólo me pidieron que me hospedara con el nombre de Orlando Cruz Barrera. Este no es mi verdadero nombre, pero la profesión es cierta: la de cumplir encargos selectivos; lo aprendí desde niño. Creo que nací para esto. A finales de los años ochenta, el trabajo se volvió importante en mi país y en la ciudad donde nací y crecí. Allí me enseñaron a no hacer demasiadas preguntas. *No hacen falta*, así, escuetamente me lo dijeron. Para esa época llovían las órdenes para quitar de en medio a cualquiera, sin importar a quién. A unos porque no cumplían y a otros porque hablaban mucho, o no sé por qué. Nunca se sabía… no importaba el porqué. En este medio pagan por eliminar y también por el silencio que debes guardar o te mueres. El precio depende de la importancia de la víctima. Es el salario de uno y lo de la cuantía cuenta, y mucho. Uno nunca sabe, la familia lo es todo para uno, más si has logrado sobrevivir a la porquería en la que creciste. Lo del jamaiquino no me gusta para nada, pero prefiero callar. No lo conozco, no me interesa, aunque sé que asesinarlo no **es** tarea fácil. Por primera vez tomo un caso en el que no me han dado tiempo para estudiar a la víctima. Sé que a este tipo muchos otros ejecutores, antes que yo, lo han intentado matar y todos han fracasado. Ninguno de ellos logró sobrevivir: Yo espero cumplir el encargo.

Sabadell es pequeña y tranquila. He dormido sin preocuparme por nada, pues jamás he tenido pesadillas. Al amanecer, el olor huidizo de la panadería de un paquistaní, situada en la parte baja del edificio en el que estoy, y el trinar de unos pájaros en un árbol cercano, invaden por completo la habitación. Una melodiosa alarma de mi reloj de pulsera me indica que está amaneciendo; me levanto y preparo un café negro que disfruto mientras doy unos cuantos pasos en el espacio reducido que hace de sala. El aroma del café me atiborra la mente de recuerdos, me transporta a mi lejana tierra. Fue en esos días de los años ochenta, entre los escarpados cerros que rodean la ciudad, cuando empecé a dar los primeros pasos en este oficio con el que he alcanzado cierto renombre. Las pruebas para ingresar fueron muchas y duras. El sufrimiento por el que uno pasa es más doloroso de lo que se podría llegar a pensar. Anula por completo los sentimientos, endurece el carácter y ahuyenta el miedo; ni dolor ni miedo ni compasión, es el lema que en voz alta los instructores repiten a diario. En ocasiones disfruto eso, aunque sé que en este medio nadie es el mejor por mucho tiempo. Si alguien llega a serlo, lo será por un momento. La idea del retiro y la de montar mi propia oficina rondan mi cabeza. Con la tranquilidad que me permite el lugar, repaso mental y minuciosamente el plan que debo seguir. Después de afeitarme y observar en el espejo rectangular del baño el par de cicatrices que llevo en el brazo izquierdo y en el pecho, procedo a vestirme con unos pantalones de dril azul oscuro, una camisa blanca y una chaqueta negra. Un cinturón ancho de cuero y unos zapatillas tenis color rojo completan mi indumentaria, algo común y corriente. Sé muy bien que, si tengo que correr, debo estar con lo apropiado.

Hace poco llegué a los treinta y tres años y todavía me mantengo en forma. El oficio lo exige. A algunas mujeres de la comuna de la que vengo les gusta el color castaño de mis cabellos y mis cejas tupidas, aunque no la mirada fría que creen ver en mis ojos. Dicen que le da un aire misterioso y arrogante a mi porte. No me gusta esta descripción, pero se ajusta a lo que soy. Total, así es la gente de la comuna: te desnuda de pies a cabeza. Saben combinar muy bien el diseño de los jardines y el cultivo de flores con la caracterización de las personas. ¡Vaya oficio!

Guardo en un bolsillo la billetera de cuero y agarro el arma que reposa en uno de los cajones del armario, una pistola semiautomática Beretta PX4 Storm, tipo F, de 9 milímetros, reforzada con fibra de vidrio y de 800 gramos de peso aproximado, que le compré a un italiano de apellido Bartolini. Era un tipo frío y calculador, a la moda, con vestidos de marca, importados, con reconocimiento de sobra. Sólo aceptaba encargos de la gente de la banca, de las grandes corporaciones y del gobierno. Repetía a toda hora que había que cuidarse de todos. Hace meses le perdí la pista. Escalar hasta donde él llegó es muy difícil; la gente de los negocios, igual que los políticos, cuida su prestigio pero además calcula con sobrada precisión hasta dónde puede llegar alguien como yo. Bartolini y el negro Caribe son dos maestros para recordar siempre. Fue el negro Caribe quien, en los sucios barrancos y en los oscuros pasadizos de las callejuelas de la comuna, me empujó hacia la lectura de la novela negra: toda una experiencia, toda una escuela.

Tomo la Beretta en mis manos y reviso el cargador: está lleno. La guardo en uno de los bolsillos de la chaqueta, luego de hacerme la señal de la cruz con ella y de estamparle un par de besos para eso de la buena suerte. Saco de mi billetera una imagen de la Virgen y le rezo con devoción por un minuto. Es preciso hacerlo para que todo salga bien. Funciona. No falla. Transmite una sensación de seguridad. Por instantes pienso en el jamaiquino y en cómo reconocerlo. Faltan cinco minutos para las once. Abandono el apartamento, pero antes de salir calculo un poco las rutas que debo tomar y el tiempo que tardaré en llegar al parque para luego dirigirme a la estación del tren. Camino por alguna de las calles bordeadas de árboles y de bancas con la atención puesta en la gente que se me acerca. La acera es ancha y permite moverme tranquilo y tener buena visibilidad. El trayecto a la estación es corto, así que lo recorro sin prisa. En esta profesión, la familia y la paciencia son dos buenas razones.

El comercio es activo a esta hora. Tabernas, panaderías y churrerías llenan las calles con un olor envuelto en la nostalgia de mejores épocas. Se escucha decir por todos lados que España se jodió hace rato; ahora el comercio tiene el sello policromado de los chinos. Son muy prácticos: llenan de color los negocios para embaucar a la clientela. El reloj de la estación del tren señala la 1 y 15 de la tarde. Tomo el que va a Barcelona, que queda muy cerca. El viaje es rápido y cómodo. En un radio transistor que alguien lleva a mi lado alcanzo a escuchar la noticia sobre una supuesta cumbre de la mafia en España. Lo dice un funcionario de la policía pacional. —*No se conocen más detalles* —termina por decir el hombre de la radio. Ahogo una carcajada; eso dice mucho de España. Lo que más me gustó es que el policía mencionara a mi país, no sé por qué. ¡Qué putería! Ahora, cuando se habla de droga, armas y mafia, siempre lo mencionan. Ojalá esto sirva de algo, es lo de hoy.

Llevo en mi mente lo poco que sé del jamaiquino. El hombre es una leyenda, también un fantasma; se le conoce con otros sobrenombres. No los recuerdo ahora. Con sólo mencionar su nombre se sabe de qué se habla. Su cercanía con militares dice mucho. A su lado no sólo están guardaespaldas, también hay jueces y políticos dispuestos a sacrificarse por él. La verdad es que no sé si todo sea cierto. Cuando llegue el momento, no será fácil identificarlo ni acercarse a él y menos eliminarlo. Sin embargo, creo que soy el único indicado para hacerlo. Llevar a cabo esta misión me lanzará a la cima del prestigio. Esto no sobra, aunque las más de las veces es un problema. No exagero si digo que hoy casi todo el mundo necesita de un ejecutor a la mano. Me gusta más esta palabra que cualquiera otra, hay diferencias. Así que no doy marcha atrás: el jamaiquino o yo. Ya depositaron en mi cuenta la mitad del valor del contrato. Es una buena suma, lo suficiente como para no hacer preguntas y para mi retiro. No me interesan otros detalles. Media hora más tarde me bajo en la Plaza Cataluña; camino sin prisa (es mi estilo). Hago un breve paseo por las Ramblas y, sin detenerme, me encamino hacia la estación del metro para tomar el de la línea verde, que me llevará hasta la parada de Vallcarça. El vagón en el que viajo va repleto. Un olor, mezcla de sudor seco, suciedad y tabaco, se esparce por todo el vagón. Invade grosero mi olfato. Una señal repentina me lleva a poner la mano sobre el arma. El peso de una mirada me alerta. Me observan. Son dos hombres que viajan en el mismo vagón y están un par de metros más allá de donde voy sentado. Simulan toser para desviar la mirada.

Los había visto antes caminar cerca de mí en Las Ramblas. Por la calzada, una moto parecía escoltarlos. Me bajo en la estación de Lesseps y espero el próximo vagón. El servicio del metro es bueno y en minutos pasa el siguiente. Me acomodo en el primer asiento desocupado que encuentro y compruebo de nuevo la hora: son las 2 de la tarde. El olor a sudor seco y a suciedad sacude mi organismo. Saco un pañuelo y cubro mi nariz. No me explico cómo estos españoles soportan este olor. Alguien a mi lado parece adivinar mi pensamiento
—Son los paquistaníes y los sudacas —me susurra, casi pegando su boca a mi oreja.
—No lo creo —le respondo. El otro calla. Termino por admirar a estos españoles que saben bien cómo culpar a otros de los males que los agobian.

Abandono el metro en la estación de Vallcarça y comienzo el ascenso obligado hasta el parque; paso por alto los avisos indicativos de la vía que lleva directo al Parque Güell. Reconozco el camino. En el primer bar que encuentro pido un café negro; tomo un sorbo. El aroma me aviva los sentidos. El lugar es amplio y tiene varias mesas, limpias y ordenadas; el vidrio de la ventana permite una buena visión hacia la calle. El que atiende, un hombre cuarentón, se dirige a mí con un par de frases pero no le respondo. Él insiste; su barbilla partida y su calvicie incipiente me dan mala atmósfera. Parece mirar con atención hacia la calle, mientras me atiende. La tarde es clara.

—¿Viene a conocer el Parque?

—Sí

—¿Ya había venido antes? Creo haberlo visto pasar por aquí hace un par de días.

—Sí, pasé hace un par de días. ¿Algún problema?

—¡Joder! No. Ninguno. Sólo que cuando usted pasó, una moto parecía seguirlo.

—Pura coincidencia.

—Acaba de pasar hoy también, cuando usted entró aquí. ¿Le parece una coincidencia?

—No hay duda, creo que nadie me reconoce en esta ciudad.

—¿Lo cree usted? Barcelona se ha puesto peligrosa. Se ha llenado de gentes de cuidado.

—Lo tendré en cuenta.

—Me parece bien, cuando se viene armado, uno nunca sabe…

Cruz Barrera guarda silencio y se frota las manos. Ve al tipo dirigirse hacia la parte de atrás del mostrador y hacer una llamada por su celular. Está de espaldas y no alcanza a escuchar lo que habla. Dos o tres minutos después, siente el ruido de una moto pasar por el frente. Se desatiende del hombre del bar y piensa en el sujeto que lo llevó al aeropuerto a dejar guardado el equipaje, el mismo que lo recogerá a la entrada del parque una vez cumplido el encargo. Lo hará en una moto de alto cilindraje, tal vez una Yamaha. Termina el café y continúa hacia el parque. Un ligero dolor en la rodilla de la pierna izquierda lo hace cojear levemente.

La entrada al parque por la parte de atrás, como lo hace Cruz Barrera, por la vía que conduce a la estación Vallcarça del metro, implica ascender por una cuesta que resulta fatigosa, a pesar de la escalera mecánica que hay instalada en la calle para facilitar el ascenso y llegar a la parte alta. Cruz se demora varios minutos en hacerlo. El camino es asfixiante para quienes no están acostumbrados; a él lo salva de encuentros sorpresas con cualquier conocido. No muestra signos de cansancio. Comprueba su buen estado físico, a pesar del leve dolor en la rodilla que ya le está pasando. Mira hacia todos los lados y, aunque no detiene la mirada en algo en particular; se siente tranquilo y avanza lentamente mientras palpa el arma con la mano derecha. Mira el reloj.

El buen tiempo me acompaña y la hora también. Me desvío del camino principal y tomo un atajo bastante despejado que conduce a un montículo desde donde alcanzo a divisar casi todo el parque, situado sobre una de las vertientes de la montaña del Carmelo. Recuerdo las lecturas que hice. Gaudí, todo un genio. Una arboleda se extiende por la parte sur; algunos árboles se muestran moribundos. Detengo la mirada por un instante y en mi mente se agolpan la Comuna, Manrique, La Ceja, la Feria de las Flores… luego me hundo en una oleada de vibraciones y latidos que me arrojan a un laberinto de sombras y de brazos que amenazan con devorarme. Me sacudo, despierto. "Barcelona es un buen lugar para vivir", pienso. El sol es brillante y hace resplandecer miles de luces multicolores en el espacio, pero el ambiente es tibio y no hace calor.

Un piélago de formas, de volúmenes y signos lo circundan; miles de hojas amarillentas y rojizas caen de los árboles. Cruz descansa por un momento sobre una piedra cubierta de ellas.

Sólo quiero ordenar mis ideas, pensar un poco. Faltan 15 minutos para las 3. Escucho los sones que salen de un violín en manos de un joven negro. Tiene al pie suyo un sombrero encima de un tapete blanco con el que clama la caridad de los pasantes. Una sensación de serenidad me cubre. Le tiro algunas monedas. Sonríe.

Un viento frío me obliga a meter las manos en los bolsillos. Varias personas merodean por el lugar; pienso en la comuna donde crecí, donde me esperan. Mi primer trabajo, los ojos desorbitados de mi primera víctima, los llantos de los niños a quienes sin motivos les daba una paliza cada vez que se me antojaba, siempre con el sueño de ser alguien. "Te mirarán con respeto, te temerán", me dijo el hombre que me reclutó. Miro con atención al que parece ser un guía de un pequeño grupo de seis personas, más bien jóvenes, que lo siguen. "¿O lo acompañan?", me pregunto. Su voz me llega con claridad. *"El parque Güell es simplemente hermoso; una maravillosa expresión de la integración hombre-naturaleza, entre la inteligencia humana y la arquitectura natural, el diseño del hombre y esa especie de creación surgida del susurro del bosque. Fue construido por Antonio Gaudí, arquitecto catalán, máximo representante del modernismo y uno de los principales pioneros de las vanguardias artísticas del siglo XX..."*.

Nada de esto me interesa, tampoco la explicación que el hombre da. Fijo mi atención en el camino que conduce a la gran plaza de forma oval, recubierta de cerámica y cristal de colores verde, azul y amarillo, estilo romano —dicen—, *sostenida por gruesas columnas* desde donde diviso La Salamandra, La Caballeriza, casi toda la parte baja y la entrada principal. Palpo de nuevo mi pistola y percibo aquello de lo ergonómico de su cacha que me explicó el italiano, el hombre de los banqueros, de los hombres de negocios, todo un maestro. Me concentro en el grupo que sigue al guía que continúa con su explicación, pero éste también, me parece adivinarlo, me devuelve la mirada con cierto interés.

"...su figura es una de las más sorprendentes de la historia de la arquitectura, tanto por sus innovaciones, en apariencia intuitivas, como por su práctica aislada de las corrientes internacionales e imbuida a menudo en el mero trabajo artesanal...".

El grupo se detiene un poco y observa el camino por el que suben otras personas. El olor maduro del espeso bosque se adhiere a mi olfato. Respiro profundo; de nuevo, un viento frío que llega de los lados del Mediterráneo me pone la carne de gallina. Sigo observando al grupo y al guía, y, con tranquilidad, no les aparto la vista ni un solo instante. Miro el reloj. Faltan 57 minutos para que aparezca el jamaiquino, *casi una hora*, repito. Repaso en mi mente lo que se me ha dicho: "El trabajo consiste en eliminar a quien se reúna con el director del grupo musical The Rolling, una reconocida banda de rock inglesa que se presentará en el parque". Reconoceré con facilidad al director de la banda por su indumentaria rara, pero me será difícil identificar al jamaiquino. No sé quién es, nadie lo ha visto.

Desde hace algún tiempo, la Interpol ofrece una recompensa a quien ayude a identificarlo. Nadie sabe nada. Se cree que tiene el poder de la ubicuidad; me dijeron que quien se reúna a las 3 y 52 minutos en el parque Güell con el director de la banda se presume que es el jamaiquino. Nada es seguro. Mientras comienzo a descender hacia la plaza, trato de imaginar lo que sería el mundo sin el jamaiquino. Pero, ¿quién soy para diseñar un mundo sin el jamaiquino, eligiendo a los que merecen o no vivir, o para juzgar al hombre? ¡No! No vine al mundo para esto; mi destino es otro: no diseñar, no juzgar; el mío es cumplir encargos. Son las 3 de la tarde.

Por donde desciende Cruz Barrera, hasta la Plaza Romana, es más demorado. En cambio permite extasiarse con la vista panorámica y multicolor que se ofrece desde allí. Cruz ignora esto y prefiere concentrarse en los varios cientos o quizás el par de miles de personas aglomeradas en la Plaza, a la espera de la banda de rock. La mayoría de ellos es gente joven procedente de diferentes lugares del mundo.

Ya conozco el lugar y sé de sobra el número de pasos que tengo que dar y el tiempo que me toma llegar al sitio señalado. Me dirijo a la plaza; concentro mi atención en el espectáculo que se ofrece: un jinete montando un "pura sangre" con una bandeja repleta de copas llenas de vino en la mano izquierda, sin derramar una sola gota; el caballista, con sombrero aguadeño, hace una maestra demostración en el manejo del animal y del equilibrio. Me recuerda a los caballistas de mi tierra. *Ellos lo hacen con una taza de café repleta hasta el borde.* Identifico al hombre que hace el espectáculo: es un senador… Me trago las palabras, lo reconozco bien, es de allá mismo de donde soy. En alguna ocasión pasada fue gobernador. Viste con elegancia, a la misma usanza de los jinetes de la región de donde provengo. Sonríe a cada instante. Muchos allá le temen. *Eso que veo es lo último que esperaba ver, un congresista de… en el parque Güell, cabalgando con una bandeja en la mano izquierda repleta de copas llenas de vino, ¿por qué no de café? El público lo aplaude, el hombre devuelve un saludo con una sonrisa.*

El caballo fue transportado colgando de un Black Hawk de guerra para que no se maltratara los cascos con las escaleras del parque. "Venía con los ojos vendados", oigo decir a mi lado. Son las 3 y 10 de la tarde. *Desde donde estoy, identifico a los guardaespaldas que protegen al congresista, y observo que parte de la banda hace su entrada al parque; el director no parece venir con ellos. Una multitud de jóvenes rodea al grupo y lo aplaude. Pasan algunos minutos. Falta poco. A pesar del ruido que hace la multitud, escucho de nuevo al guía que pasa muy cerca de mí con el grupo, siguiéndole.*

"…El parque Güell, antes finca Güell, es una obra paisajística jalonada de elementos arquitectónicos, como se puede ver en la gran sala hipóstila sobre la que se asienta la plaza principal –conocida como el teatro griego–, el banco ondulado que delimita esta explanada y los soportales inclinados sobre los que discurre el viaducto". El guía hace una señal con la mirada a dos hombres que se sumaron al grupo. Son los mismos que Cruz Barrera vio en Las Ramblas y en el metro. Él no se percata de esto. La banda está en el parque alistando los instrumentos. Se escuchan algunos sones desafinados. El director con la vestimenta rara no aparece. Cruz ha perdido de vista al congresista, pero esto no le interesa. Mira el reloj: son las 3 y 25. Ya no cojea. El dolor de la rodilla ha desaparecido. Desciende hacia una especie de túnel.

El lugar se ha llenado de luces. En diáspora fugaz, los colores irisados de miles y miles de lentejuelas parecen escapar del parque y del bosque, y juegan en el ambiente entremezcladas con el aroma de los jardines y de los árboles, prendidas en las miradas sorprendidas de los visitantes. Resplandecen en los vestidos de los visitantes y yacen en el colchón de hojas amarillentas que se ha extendido en el suelo.

Uno a uno cuento los minutos, estudio cada paso que doy. Miro seguido y acucioso hacia todos los lados; flexiono los dedos de mis manos varias veces, como una manera de ejercitarlos. El semblante hirsuto aparece de nuevo en mi cara. Ahora siento que soy. Tengo el dominio total sobre mi mente y mis músculos. Hasta el crick de las más pequeñas ramas que se quiebran a mi paso me alertan; lo asocio al ruido que hace la Beretta al desmontar el automático. Me dolió la partida del italiano. Acaricio la cacha, agudizo la mirada, afino el oído, olfateo el aire buscando llenar todo mi cuerpo y mi mente de la frialdad necesaria. Nunca me ha abandonado. Sigo pensando que soy el mejor; mis pensamientos y acciones no pueden desviarse. Es el arte del silencio, el aroma del sigilo, el del valor. La profesión lo exige. Salvo en los primeros días, nunca más he torturado a alguien: no es lo mío.

Debo estar atento. La concentración es primordial, después del pago y de la familia. Nada puede escapar a mi control. Camino indiferente junto a un grupo de personas que escuchan atentos a un contador de cuentos que narra extrañas historias de la gente de su lejano oriente. Es una narración de Las mil y mna noches. En segundos repaso la información que se me dio: *"Una moto de color negro, de alto cilindraje, te estará esperando a la salida del parque, en medio de la confusión que se formará; te llevará directo al aeropuerto Pratt. El hombre de la moto te entregará el tiquete de vuelo. Avianca, vuelo directo"*, escuché por teléfono. En este oficio no sólo debes cuidar los detalles para realizar el encargo; también debes cuidarte de los mismos que te lo hicieron.

A varios metros del Pórtico de la Lavandería aparece el director de la banda, de pantalones blancos, camisa negra, chaleco rosa y sombrero gris; su cabellera es rubia y larga. Es él, va solo o al menos así parece. A través de la hilera de bolas de piedra que bordean el camino principal, de nuevo diviso al congresista. Me pregunto qué hace aquí, además de montar el caballo con la bandeja llena de copas de vino. Se dirige al viaducto que conduce al camino principal del parque. De continuar por esa ruta, se tropezaría con el músico. Faltan 4 minutos para el encuentro. Ahora es el guía con el grupo de ocho jóvenes el que se acerca a mí por el costado izquierdo…

"En 1884 Eusebi Güell, rico empresario textil de Barcelona, encargó a Antoni Gaudí la realización de distintas obras para la extensa finca que tenía entre los pueblos de Les Corts y Sarrià, donde actualmente está la zona

Paso a paso, segundo a segundo, observo todo lo que a mi alrededor se mueve: la primera escuadra de guardaespaldas rodea muy de cerca al congresista. Todos lo miran. Hace una señal con la mano a quien parece ser el jefe de esta línea. Éste, a su vez, hace un gesto a los hombres que están detrás de él. Ellos se retiran un poco. Ahora el director de la banda, el congresista y yo avanzamos hacia el túnel, en una especie de encuentro previsto. Solos los tres, eso creo. Por donde andamos hay cada vez menos gente. Me concentro en el director de la banda. Las columnas no me dejan ver al congresista, que parece perderse entre ellas. Miles de piedrecitas coloreadas de cientos de colores forman un mosaico refulgente del espacio circundante; parecen tranzarse en un solo conjunto a los primeros sones de la banda de rock que inicia sin el director. Me aparto del congresista y del grupo de jóvenes con el guía, y me aproximo a paso lento al director de la banda. No le quito la vista de encima, cuento los segundos, aseguro la Beretta en mi mano derecha, sin sacarla del bolsillo. Faltan pocos metros. Mi respiración entrecortada, mis pulmones tiemblan. Siento el frío del aire en mis brazos, percibo el olor del coraje en todo mi cuerpo. Miro el reloj: faltan 2 minutos. El sonido de cada segundo martilla mi mente… ¡Una eternidad!

Sólo falta por aparecer el que va a reunirse con el músico…el jamaiquino. ¿Por qué lo llamarán así? ¿Será de ese país? Veo acercarse al hombre; todos los ruidos y sonidos del parque desaparecen. Están envueltos en un silencio total. A mi lado siluetas flotando, haciendo señales. Permanezco inmóvil, trago saliva, la Beretta tiembla, se inquieta, la saco lentamente del bolsillo y estoy listo para accionarla. El senador del caballo y el vino se acerca al director. ¿Será el puto jamaiquino? Es él… No termino la frase, oigo al guía y a su grupo que se acercan por la parte de atrás; escucho un disparo seco y luego…, no puedo sostenerme en pie, me desplomo, **yazco** en el suelo, inmóvil… Alzo la vista y miro el reloj del parque. Marca las 3 y 52 minutos. Miles de lentejuelas juguetean en el aire con la irisada luz que brota de La Salamandra.

Diviso la sombra diluida del grupo con el guía que se alejan del parque. Los sonidos agónicos de la banda se mezclan con moribundos aplausos que apenas llegan a mí: Comuna 7, Medallo, Madrid… Veo al director reunido con el congresista; todos los fríos y silencios del momento y del lugar me cobijan; el viento sacude las hojas secas y rojizas que se adhieren a mi ropa… Empiezan a cubrirme, el verde se ha ido… La luz del sol se apaga… El motociclista del bar aparece. ¿Qué hace él aquí? Definitivamente creo que Barcelona no es un buen lugar para morir…

Insomnios frustrados

Recuerdo que en mi primer trabajo conocí por medio del insomnio los ojos de la muerte. Después, ningún otro me ha desvelado.

Gracias, mejor vuelvo otro día

Él (Entra a una librería y se dirige al empleado) Estoy interesado en un libro sobre política, ¿Tiene alguno?

Empleado de la librería   Tenemos varios, es nuestra especialidad. ¿Puede precisar su interés?

Él Quiero entender algo sobre este tema, espero algún día…

Empleado (Interrumpe) ¿Entender la política o meterse a político? Sería deseable que precisara un poco su intención; para la librería es muy importante servirle bien.

Él No había pensado en ello pero, ¿qué diferencia hay?

Empleado Mucha, como la que existe entre el cielo y la tierra. Me explico: la política es una ciencia, y si desea entenderla debe profundizar en ella: quiénes escribieron sobre la materia, cuál es el objeto de estudio, sus principios, la metodología, la historia, etcétera.

Él ¿Y lo otro?

Empleado Meterse a político requiere una visión más práctica. Debe comenzar por saber quiénes son, cuáles son sus motivaciones particulares, sus intereses, para qué quieren el poder, etcétera. Por esta vía se excluye cualquier ideal de sacrificio.

Él Pero, estudiando la ciencia política podría llegar a entender al político y…

Empleado (suelta una carcajada) Inexacto, amigo, a lo sumo pudiera llegar a formarse una imagen o un perfil del político. Jamás llegaría a conocerlo tal cual es ni entender la *realpolítik*. Un político puede llegar a conocerse por sus verdaderos ideales pero nunca por sus…

Él …por sus prácticas, lo entiendo, de modo que los dos conceptos difieren.

Empleado Va por buen camino. La ciencia política, como ciencia, es un concepto antiquísimo; la palabra es de origen griego, *politikè*, equivale al arte y la actividad de gobernar un país. Muchos filósofos y sabios se han ocupado del tema. En la India antigua, a Chanakia Pandit se le considera como uno de los primeros pensadores políticos y economistas; se le llama el "Maquiavelo hindú". En Grecia, Platón y Aristóteles abordaron estudios sobre la ciudad-

Estado ideal y de cómo formar a los mejores individuos de la *polis* o ciudad, y de la comunidad política, de la familia y el pueblo, y de la relación entre ciudad y hombre, y sobre el mejor sistema de gobernar. En los tiempos de Roma, historiadores como Polibio, Tito Livio y Plutarco, y estadistas como Julio César, orientaron el estudio de la política hacia el entendimiento histórico, y a la descripción y la comprensión de diferentes formas de gobierno. Idealismo puro, amigo. En Italia con Nicolás Maquiavelo y en Gran Bretaña con Hobbes y otros, la política adquiere otra nueva dimensión alrededor del arte de gobernar, fundamentada en la *praxis*, si lo desea, en la naturaleza humana, en la *realpolitik*

Él   Usted lo ha dicho: cómo a través de la ciencia política se llega a conocer su práctica y, por extensión, a quienes tienen esa actividad como oficio.

Vendedor   No tan de prisa, amigo mío. Por lo complejo del tema, Norberto Bobbio propuso dos acepciones para la comprensión del asunto: una en sentido amplio con lo que se refiere a las ciencias políticas, y otra en sentido estricto, o sea, la ciencia política. Con lo primero se abarcarían los estudios relacionados con la política desde la Antigüedad hasta nuestros días; con lo segundo se trata de observar las actitudes de los actores políticos y de los ciudadanos conforme a premisas científicas. Es lo que, por lo general, se denomina "ciencia política empírica", para distinguirla de la filosofía política o teoría política normativa, que se ocupa del estudio propio del poder político que se ejerce sobre la comunidad. Entiende usted, ahora, cómo se nos va complicando el asunto.

Él   Mucho. Ahora estoy un poco confundido.

Empleado   Se le nota. Una cosa es el *homo politicus*, el hombre político surgido de la comprensión de la ciencia, y otra el que brota de la naturaleza humana, el animal político, el de las realidades del poder o de la dinámica contradictoria de la vida o del medio social, si así lo prefiere. Éste último, para explicárselo mejor, parte de un interés particular o de una empresa creada con determinados propósitos, para lo que es preciso hacerse al poder a fin de realizar sus pretensiones. A esta empresa se suman otras voluntades particulares con idénticos intereses, que, en la mayoría de los casos, son ajenos a los de la mayoría de la población. Son, como lo puede ver, intereses de una minoría que pretende ser la mayoría. Es el mundo de las componendas y el de los arreglos.

Él   Sin embargo, si bien es cierto lo que usted ha señalado con respecto a esa especie de bien común distorsionado o falsificado que viene a ser aquel bien que sólo favorece a esa minoría creada para lograr tales fines, ¿por qué no lo puede ser esa especie de sumatoria que se presenta de todas las aspiraciones individuales y que, de alguna manera, conduciría a ese "bien común", al bienestar de todos?

Empleado   Muy sencillo: el "bien común" es el que beneficia a todos, pertenece a la mayoría; el bien del particular, del grupo en cuestión o de la empresa creada, legitima perversamente para sí ese bien común que se presume para todos. El lenguaje utilizado por la ciencia es de lejos diferente del empleado por el animal político. El de la ciencia política no tiene compromiso con nadie y busca acercarse a la verdad por encima de todo; el del animal político, en cambio, va con la locuacidad, la verborrea, lo florido, o con la grandilocuencia necesaria para el 'arreglo' esperado, muy alejado de la verdad. ¿Qué busca usted: verdad o labia? ¿Ideal o arreglo? Deseo ayudarlo lo mejor que pueda.

Él   Entiendo bien lo del lenguaje y no tengo duda en aceptar que prefiero la verdad. ¿Qué me dice del realismo? ¿No cree usted que el realismo sería un buen motivo para inclinarnos hacia su estudio y aceptar las cosas tal como son?

Empleado   Depende de sus propios intereses. No sabe usted cuántos problemas ha tenido que enfrentar esta librería a causa de los continuos reclamos que se nos han hecho por cuenta de los despropósitos y desvaríos de ese tan cacareado realismo u objetivismo político, por una equivocada interpretación. Para muchos de nuestros astutos políticos, es un concepto vago y las más de las veces se nos ha reclamado que sus principios no se ajustan a las realidades concretas de lo local y de lo cotidiano, como tampoco para los llamados 'arreglos' particulares, al amparo de esta concepción. Se ha querido aplicar lo que Hans Morgenthau planteó para el campo internacional. Se nos ha dicho que los resultados alcanzados no han sido los deseados, puesto que se han visto enrevesados por otras realidades y cosas diferentes. ¡Vaya usted a saber qué cosas han pretendido estos badulaques del demonio!

Él   ¡Por favor! ¿A qué se refiere? Cada vez entiendo menos.

Empleado   Lo sé. Para no extenderme, voy a darle un ejemplo muy trajinado que, por su cercanía, entenderá bien. La "seguridad" es un concepto universal que todos entendemos; es lo que todos deseamos o anhelamos, ¿cierto? Si usted, a título de cualquier cosa, a ese concepto le agrega el de "democrática", el asunto se le vuelve complicado. Podría dar lugar a una interpretación diferente, algo así como que el citado concepto pertenecería a alguien en particular, un grupo o una empresa que presume de tener la concepción o el dominio cabal e íntegro de los conceptos "seguridad" y "democrática". En ese instante usted entra en el terreno de la ciencia pura de los estudios de la política. Irónicamente, a manera de contrasentido, lo conduciría a observar y aceptar que, en el terreno de lo evidente, de la práctica, eso es otra cosa. Le manifiesto que ni a la librería ni a mí nos gustaría asumir la responsabilidad de escuchar su reclamo cuando compruebe que usted buscaba simplemente seguridad, no democrática ni comunitaria, ni liberal ni inversionista, ni de la propiedad ni patriótica. Solo "seguridad". Hay una tercera opción comprensiva del asunto llamada "morfología política", referida a la operativa política y muy ajustada a nuestro medio y nuestras realidades. ¿Desea que se la explique? Es política de la librería ayudar a sus clientes en su selección.

Él   Gracias, mejor vuelvo otro día.

Disciplina

Disciplinados y en perfecto orden, cada uno de los pacientes pasa de la sala de espera a la sala de exámenes médicos. Al salir, todos en perfecto orden, regresan con la mano derecha sobre el dorso de la izquierda que permanece doblada, y una sonrisa idiota en su boca se refleja en su cara. Parecen felices.

Indecisión

La página que se perdió del diario de una joven

Mayo 9 de...

Por fin vuelvo a éste mi diario después de varios días en los que vengo meditando con serenidad en la propuesta que él me ha hecho. En ese instante, su osadía me sobresaltó pero creo que mi respuesta estuvo bien al decirle que me diese algunos días para pensarlo. Si había de acceder o no, sería un sí o un no, producto de mi más resuelta decisión. No me gustaría ser, ni quiero parecer, otra de esas tantas chicas que, después de acceder a las pretensiones de alguien, terminaron en un tonto e inútil lloriqueo. Aspiro a que mi decisión sea fruto de mi voluntad y mi libertad. Nada ni nadie, aspiro, podrán influir en mi resolución.

Han pasado ya algunos días y, luego de cavilar una y otra vez sobre el asunto, creo tener argumentos suficientes para decidirme. Eso me ha empujado a volver a mi diario, que tenía ya abandonado casi por completo. La emoción me inquieta, y mis manos, casi siempre habilidosas y hacendosas en otras actividades, tiemblan ahora al empuñar de nuevo el bolígrafo para hacer esta anotación. No los culpo si no logran entender lo que aquí escribo, pero las letras y las palabras se muestran despiadadas y poco sumisas conmigo. Se comportan como si fueran hormigas saltarinas, tratando de montarse unas sobre las otras. Es como si estuviesen apareándose una y otra vez.

Mientras lucho con las palabras, me doy cuenta de que mis muslos se están entrelazando y me llenan de un delicioso espasmo que me contrae los músculos. Parece alimentarse con cada pensamiento, con cada palabra que escribo y con cada deseo involuntario que llega a mi mente. A mis oídos acude una agradable melodía que se enreda lujuriosa en mis cabellos y mi cuerpo. Es como si me envolviese en un manto elaborado con la más delicada de las sedas.

Algunas personas me dicen que todavía no soy mayor de edad, que debo esperar un tiempo más para tomar mis propias decisiones, pero siento que ya lo soy. Desde hace algún tiempo, a menudo me asaltan pensamientos y deseos llenos de ternura y ansiedad, a la vez que tengo cierta dificultad en describirlos, pero están ahí, como ahora, que siento el palpitar de mi corazón apresurado y me ahoga cualquier sonido que pretenda emitir.

Desde mi ventana veo una rosa roja mecerse en el jardín al son de algún viento suave que viene del norte, pero no lo percibo porque tengo la ventana cerrada. Su cadencia armoniosa y esbelta se mece como mis caderas abultadas y en ocasiones pesadas, cuando paseo por el jardín que rodea mi casa. Sueños cubiertos de aromas y acompañados de deliciosos sustos impregnados de ansiedades rodean, una y otra vez, mi pecho henchido y abierto al torrente tumultuoso de un mar amenazante y encrespado de perturbadoras olas que vienen y van.

Un olor a bálsamo cubre mi alcoba, mientras mis temblorosas manos acarician una y otra vez mis muslos, ahora descubiertos en un momento en que mi falda se ha abierto por completo. Pienso en él, una y otra vez, mientras mis manos, que se deslizan por mis pechos presumidos y arrogantes, caen sumisas en esa muestra desafiante, altanera pero agradable a la vez. Abro la ventana y me suelto los dos últimos botones de mi blusa transparente, y ahora el viento suave que antes pasaba de largo hacia el jardín parece penetrar en mí y envolverme en sutiles manojos de caricias.

Trato de seguir escribiendo pero no puedo. Mis dedos apartan los delgados pliegues que adornan mi interior. Es pequeño. Busco ansiosa el centro de esa misteriosa rosa que ahora destila un delicado néctar que embriaga el ambiente y empapa todo a su alrededor. Estoy rendida y caigo sobre mi desordenada cama; pienso que, quizá mañana, tome en definitiva una decisión. Ahora estoy cansada y quiero dormir. Esta indecisión me abruma, me agota.

Una fecha esperada

Todas las jóvenes esperaban a que llegara esa fecha para copular por primera vez. La espera era ansiosa, como lo era la relación que mantenían en ese lapso de tiempo, convencidas de que así se lograría lo deseado: que el hijo supuestamente engendrado naciera en la misma fecha de la celebración de la santa patrona del pueblo. Lo difícil era lograr el embarazo deseado ya que, por causas inexplicables, ninguna lograba atinar ese instante supremo para que se diera la ovulación. De lograrlo, el orgullo de la familia crecería y el nombre con el que se bautizara al nuevo ser sería el de la santa patrona, si fuese mujer, o el que había llevado en vida el marido de la patrona, si fuese varón. Con esta obsesión, las jóvenes se daban a menudo sobos de miel de abejas alrededor del ombligo y baños de asiento en agua de jazmín, además de consumir horchatas de ajonjolí, y elevaban plegarias a Santa Eulalia, patrona de los embarazos.
Todo lo conocido y lo imaginable lo hacían para alcanzar el anhelado sueño del embarazo en esa fecha, y, aunque lo difícil era lograrlo, todas soñaban con ese inusitado deseo. Hasta la fecha, ninguna pareja lo ha logrado, y de ahí que en ese pueblo nadie pueda llevar el nombre de la santa patrona.

La fórmula: Rapsodia armonística por el mínimo vital en tres actos
Acto primero

(Alrededor de una gran mesa en un amplio salón, con música suave de fondo)

Agente del gobierno   (viste de jeans y no usa corbata) Declaro abierta la discusión sobre el mínimo vital para la supervivencia. Dado el momento actual, el gobierno brinda pruebas inequívocas al mundo sobre el respeto por los derechos humanos y de su vocación pacifista.

Directivo sindical   (usa vestido de paño y corbata) Como nunca antes se había visto en la historia de la humanidad, los derechos humanos constituyen la fuerza moral y ética que mueve a los gobiernos democráticos. Ese mínimo se alza como el estandarte solidario y de lucha de los trabajadores, y un acuerdo representaría uno de los mayores logros alcanzados por los trabajadores. Agradecemos esta apertura y brindamos por el acontecimiento.

Representante del gremio empresarial   (limpia sus gafas con un pañito amarillo). Me uno a las palabras del señor agente del gobierno, pero cuidemos la seguridad inversionista y no olvidemos la inflación. Dado que el tiempo es oro, pido brevedad y concreción.

Agente   Es necesaria una total armonía para precisar el concepto del mínimo vital, respetando, como debe ser, los intereses de los otros agentes económicos…

Directivo   Existe un caudal de investigaciones y de estudios que nos permiten aclarar el concepto en toda su dimensión: encíclicas papales, estudios eruditos, declaraciones autorizadas, testimonios, cálculos matemáticos, manifestaciones de buena voluntad, así como una serie de compromisos universales que nos llevarán a un acuerdo que satisfaga las necesidades apremiantes y que permitan una vida decorosa y digna de los trabajadores. Sin embargo, pido al señor agente explicar lo que el gobierno piensa sobre el referido mínimo.

Agente   El gobierno no tiene un pensamiento elaborado sobre tal asunto. Por esta razón y teniendo en cuenta el momento difícil que vivimos, espero de esta discusión una fórmula que garantice el mínimo, al tiempo que se respeten los intereses ligados al capital y a la tierra, sin olvidarnos de la seguridad inversionista.

Representante   (fuma un habano que ha sacado de una caja de madera) La inflación es el peor de los demonios de nuestros días, el precio del petróleo castiga las finanzas del Estado, el verano nos castiga a todos, igual que los precios de la energía y lo limitado de la producción agrícola; además, la rentabilidad y la productividad han disminuido y el desespero cunde entre los inversionistas. A propósito de cálculos y fórmulas, luego del merecido receso daré a conocer un asunto de mucha transcendencia, conocidas de sobra las circunstancias que se viven.

(Receso)

Acto segundo

(La gran mesa repleta de golosinas y de botellas de agua. Música suave de fondo)

Directivo   He memorizado para esta feliz ocasión un párrafo de lo que el Pontificio Consejo "Justicia y Paz" de la Iglesia ha dicho sobre el bien común y de cómo el mínimo vital se asocia a la perfección con este concepto, como una forma de avanzar hacia sociedades más justas y equilibradas. Cito: "Conjunto de aquellas condiciones de la vida social que permiten, a la colectividad como a sus miembros, alcanzar la propia perfección más plena y rápidamente…".

Representante   (interrumpe al directivo) Por favor, señor directivo, el tiempo…

Directivo   Disculpe… se deriva, como bien se sabe, de los principios universales del Estado social de derecho, de la dignidad humana y de la entrañable solidaridad, en cabal concordancia con todos aquellos derechos fundamentales a la vida, a la integridad y a la igualdad, en la búsqueda de sabias decisiones que ofrezcan una protección especial a esas personas en situación de vulnerabilidad y de necesidades manifiestas, como bien lo ha señalado el agente del gobierno. El objeto central del derecho al mínimo agrupa todas las medidas ordenadas por la Constitución nacional con el propósito de evitar que la persona sea ofendida en su dignidad y en su valor intrínseco como ser humano, creado a imagen y semejanza de Dios, debido a que no cuenta con las condiciones materiales que le permitan llevar una existencia digna.

Representante   (suelta una bocanada de humo)   Sabias palabras, pero, dado que el tiempo apremia, expondré el último de los cálculos elaborados sobre la materia.

Agente   El papel del gobierno es garantizar la armonía entre los diferentes sectores. Proceda, señor representante, a exponer el asunto.

Directivo   Connotados y reconocidos economistas profundizaron sobre este importante tema. La ONU ha sabido interpretar este pensamiento y ha hecho un llamado a todos los gobiernos para que actúen en favor del bienestar humano, procurando una sana redistribución…

Agente   (interrumpe al directivo) Exponga su asunto, señor representante...

Representante   Después de años y años de intenso trabajo sobre millones de datos fidedignos, recogidos por parte de la Central Mundial de Estadística, se ha logrado crear una fórmula que integra los intereses prácticos de unos y los aspectos psicológicos y materiales de otros, con los avatares normales de la economía, los vaivenes políticos y los propósitos del gobierno.

Agente   ¡Interesante! Conscientes de la urgencia por la que atravesamos, puede explicarla, por favor.

Directivo   (asombrado) Somos los primeros y los más interesados en escucharla.

Representante   La fórmula CIMSH, como se le denomina, es el reflejo exacto de todas las consideraciones sobre el mínimo vital, y relaciona y fusiona, al tiempo, intereses prácticos de unos y deseos y aspiraciones de otros. Es el desarrollo de un algoritmo resuelto a partir de la hipótesis del continuo, de la Paradoja de Russell y de los problemas de la decisión. Es la abstracción máxima que ha podido alcanzar el ser humano de todos los elementos y deseos que configuran el conjunto de bienes y servicios necesarios para un mínimo, y resuelve de una vez por todas el problema de la elección.

Agente   ¿Qué significa exactamente el CIMSH, señor representante?

Representante   Es el Cálculo Infalible del Mínimo Vital para la Supervivencia Humana. Surge a partir del análisis exhaustivo de la tendencia perversa del trabajador a elevar el consumo a medida que se desarrollan nuevas tecnologías. La fórmula busca poner esta perversidad consumista en el marco de apropiados y racionales límites, al tiempo que se eleva el estado anímico de la felicidad de todos y cada uno de los participantes del proceso. (Receso)

Acto tercero

(Alrededor de un video y sin música de fondo)

Directivo   Moderación y felicidad. ¿Infalible y exacto? ¿Les garantiza satisfacción a todos?

Representante   Así es. El CIMSH es la expresión justa y deseada de lo que los agentes y trabajadores que participan del proceso productivo desean o anhelan, y determina el mejor estilo de vida que se debe seguir, dada la brevedad de la vida y la magnitud de las aspiraciones.

Agente   ¿Se refiere a que el CIMSH puede satisfacer los salarios, los beneficios, la renta de los diversos agentes, el propio gobierno, y brinda un estado de felicidad para todos?

Representante   Exactamente, y no solo eso: arroja luces inequívocas sobre los peligros para el medio ambiente y las aberraciones del consumo humano. La fórmula es el mayor logro alcanzado por miles de hombres de ciencia que consagraron su vida encerrados en cientos de laboratorios de análisis de datos para obtenerla. Frente a los difíciles momentos, es la medida justa de todas las aspiraciones y de todas las proporciones: encarna la tabla de la verdad.

Agente   Asombroso. ¿Y si algún agente no está satisfecho con lo que arroja el CIMSH?

Representante   Es improbable que esa posibilidad se presente. Aun cuando llegara a darse, el CIMSH lo ha contemplado y la corrección de la insatisfacción de la persona viene dada en la fórmula arrojada.

Directivo   No entiendo. ¿Se corrige la insatisfacción mas no la fórmula?

Representante   De los trabajadores, sí. Para los otros casos, esa situación no se presenta. El CIMSH asegura de antemano satisfacción plena para estos casos; es el ideal absoluto de los agentes económicos, evita todas las pesadillas y soluciona el caos de la lucha clasista.

Agente   La encuentro ajustada a los propósitos de paz, justicia y equidad en este momento. ¿En dónde se ha aplicado y qué resultados se han obtenido?

Representante   Todavía no se ha aplicado en país alguno, pero la Central

Mundial de Estadística y la Comisión Internacional para la Pureza del CIMSH consideran que este sería el país más apropiado para aplicarla. Un agente de la Comisión Internacional podría explicarla mejor. Lo más importante es poner fin a este derroche de tiempo en la discusión del mínimo vital que se presenta cada año.

Agente   Entiendo, la complicada situación del país lo amerita. Lo más importante es un feliz acuerdo sobre la fórmula.

Directivo   La organización de trabajadores está dispuesta a colaborar con este agente. El mínimo para la supervivencia de los más vulnerables es nuestro mayor interés.

Representante   Puede contar con eso.

Agente   Y los cambios tecnológicos, ¿se consideraron?

Representante   A medida que la tecnología eleve y cualifique la producción de los artículos indispensables para el mínimo vital, la fórmula se autocorrige de manera automática, agrega lo que es útil y necesario para el trabajador, y desecha lo que no es conveniente. Todo esto en función de asegurar satisfacción y felicidad para la población más vulnerable.

Epílogo

Entremetida   (mientras sirve café para los tres) Me disculpan que me entremeta en sus asuntos, pero ¿cómo así que se han estudiado millones de datos fidedignos de todo el mundo y la fórmula obtenida no se ha experimentado en ningún país? Quiere decir que nuestro país va ser algo así como el conejillo de indias para probarla.

Representante   Así es. Considerando el contexto, es el país más indicado para poner en marcha la fórmula.

Entremetida   (limpia con un trapo la mesa) Quiere decir que la fórmula jamás se ha contrastado ni verificado. A mí nadie me ha consultado sobre lo que espero del mínimo vital.

Representante   No ha sido necesario preguntarles a todos.

Entremetida   Todos no estamos metidos en esa maravilla, ¿cierto?

Agente   Le pregunto si esa encuesta tiene autorización del gobierno.

Representante   No, no hace falta. Proviene del Centro Mundial de Estadística, cuya idoneidad y veracidad están fuera de toda duda. Este país respalda las decisiones de este organismo.

Entremetida   (recoge las tazas de café desocupadas)   ¿Dónde tiene la sede ese Centro y quién vigila la fórmula?

Representante   Conocido de sobra el nivel de desarrollo de la virtualidad, no es posible precisar la sede de ese organismo, pero la seguridad de la fórmula está garantizada en las nubes.

Entremetida   (sacude un limpión y sale del gran salón)   Se me hace que esa fórmula del mínimo vital es una especie de agujero negro. Como diría mi amigo el literato, una metáfora matemática caótica, que esos tres ni yo entenderemos jamás.

Impedimentos

En mi país, cuyo nombre callo por obvias razones, nunca se ha podido tramitar una ley que castigue a los ladrones, pícaros y corruptos. La razón: en su mayoría, los congresistas se declaran impedidos o incapacitados para la fecha de votar la ley.

El cocodrilo Balurt y la hormiga Mili

Para Andrés Gutiérrez, 8 años, New Haven, Ct., nieto del autor

El cocodrilo Balurt asomó su torpédica cabeza en la entrada de la cueva y soltó un amenazante graznido. Con dificultad la giró una y otra vez hacia los lados, y escudriñó los alrededores. Con lentitud insolente, arrastró su cuerpo hacia afuera y sacudió su volumen. La maleza gimió a su paso. El viento apenas lo rozaba. Con ademán repulsivo, pasó revista a lo que le rodeaba y devoró por completo la comida que los otros animales le habían dejado cerca de la cueva. Cada día engullía insaciable todo lo que encontraba. Una profunda y oscura caverna camuflada entre la maleza, a la orilla del río, le servía de escondite. Desde este lugar coordinaba todos sus sangrientos ataques y dominaba los caminos del extenso territorio, que defendía con saña.

No sabía quién lo había bautizado con el nombre de Balurt pero a él no le importaba. Muy pronto el miedo cundió por doquier. Una cohorte de urracas, tres mambas negras, varios hipopótamos, muchos caimanes, babillas y varias docenas de hienas y zorros lo protegían y lo seguían ciegamente. Eran sus guardaespaldas, encargados de hacer cumplir las órdenes y mandatos que Balurt dictaba para aterrorizar y hacer que las cosas se hicieran como él quería. Recurría a la tortura y la muerte si no se acataban sus disposiciones. El resto de animales, con mucho temor, le obedecían sin chistar; era el nuevo rey y ningún animal podía hacer algo sin que él se lo permitiera. Por esta razón, todos los animales hacían lo que Balurt les ordenaba... bueno, casi todos, pues una hormiga llamada Mili no se sometió al feroz cocodrilo.

El camino por donde ella andaba, como todos los demás, era controlado por Balurt, quien le prohibió a la colonia hacer uso del suelo. Esto impedía que Mili encontrara la comida para su vasta familia. La supervivencia del hormiguero peligraba, a punto de desaparecer. Temerosa, la hormiga Mili no solo rechazaba las órdenes de Balurt sino que además desafiaba su mandato. No le temía y se rebeló contra él.

Mili no era la hormiga más grande ni la más bonita, pero sí la más trabajadora y le gustaba andar libre por donde quería. Su misión era la de andar por los caminos y explorar los lugares más lejanos en busca de alimento para la población, y avisar de inmediato cuando lo encontrara. Por esto era respetada y admirada. Por el contrario, al cocodrilo Balurt todos le temían. Algunos animales que podían desafiarlo, como el león, el tigre y el elefante, habían abandonado la región. Los otros se debatían entre el miedo y la sumisión, cuando no entre el hambre y la esclavitud.

No había manera de oponerse ni de resistirse a las tiránicas y malévolas órdenes impuestas por el poderoso Balurt. El orden de la selva había sido quebrantado y solo la hormiga Mili parecía dispuesta a enfrentar al cocodrilo. Pero… ¿qué pudiera hacer un animal tan pequeño contra un monstruo como Balurt?, se preguntaban algunos animales que conocían de esto.

Cansada de los abusos de Balurt, y temerosa de que la colonia desapareciera, la rebelde Mili reunió un día a toda la población y le habló así: "Llevamos mucho tiempo viviendo entre la esclavitud y el miedo, los caminos están cerrados, las reservas de alimentos escasean y el agua se agota. La colonia está en dificultades y la vida peligra; es hora de hacer algo para defendernos del malvado Balurt o muy pronto toda nuestra colonia perecerá. Detener al cocodrilo es asunto de supervivencia". Animadas por las palabras de Mili, las hormigas la aplaudieron hasta el cansancio y muchas ideas llegaron a la comisión encargada de seleccionar las mejores propuestas para contener al reptil. Una vez escogidas las mejores, quién dijo miedo, el hormiguero se dedicó a construir trampas y planear y adelantar varios tipos de ataques. Unas hormigas hacían grandes lazos para amarrar al cocodrilo, pero éste se zafaba con facilidad; otras se le subían al cuerpo para aguijonearlo, pero el animal se sacudía rabioso y las hormigas eran lanzadas al aire con fuerza; algunas invadieron su guarida con la intención de inyectarle veneno mientras dormía, pero eran brutalmente pisoteadas.

Todo parecía inútil, hasta que un buen día a Mili, la *exploradora*, como se hacía llamar, se le ocurrió la idea de hacer un monstruo gigante de hormigas que se formaría entrelazándose unas con otras hasta formar un ser grande y abominable, lo bastante horroroso como para espantar al cocodrilo. La idea gustó, y así se hizo. Era tan grande y alto el monstruo hecho de hormigas, que se veía desde muy lejos. No cabía entre los árboles.

Otras hormigas se acercaron al cocodrilo e hicieron que éste las persiguiera hasta donde se encontraba el monstruo. Viendo el tirano al horroroso animal, huyó despavorido y la tranquilidad volvió por unos días al lugar. Sucedió que el oso hormiguero y las urracas parlanchinas descubrieron que la victoria había sido obtenida con el falso monstruo y se lo informaron al reptil. Cuando las hormigas quisieron repetir la hazaña, Balurt se abalanzó con furia sobre ellas. Fueron tantas las víctimas, que durante varios días cavaron sepulturas para enterrar los cadáveres.

Herida y maltrecha, la hormiga Mili planeó otra estrategia: invitó a otras colonias a formar una extensa mancha negruzca en el suelo, como la que produce el petróleo cuando se derrama. El zumbido que emitían erizaba la piel de todo el que se encontrara cerca. La idea era hacer un pozo tan profundo que su fondo no se alcanzara a ver a pesar del esfuerzo. Lo cubrirían con ramas secas. No fue más que dar a conocer el nuevo proyecto y millones de laboriosas se dividieron el trabajo: unas cavaron el suelo, otras sacaban la tierra y no pocas traían ramas para cubrir el pozo. Ver aquello a la luz de las estrellas era como ver un arco iris nocturno: todo un ritual al compás del rítmico zumbido. Al cabo de muchas noches, el resultado fue un pozo que parecía llegar al centro mismo de la Tierra.

Con variados señuelos, lograron atraer a Balurt al lugar, y cuando éste pasó por encima de las ramas secas cayó al puro fondo, tan profundo que hasta ahora nadie ha podido sacarlo. Al saber esto, los animales que seguían al cocodrilo se sintieron desprotegidos y huyeron aterrados. Los que antes habían abandonado el territorio regresaron, y latranquilidad volvió a la selva y el orden se restableció.

A partir de entonces, las hormigas fueron respetadas y temidas, pues siendo tan pequeñas se mantenían unidas y dispuestas a hacer lo que fuera para defender los caminos y trabajar en libertad. Por su parte, la fama de Mili creció y muchas hormigas fueron bautizadas con su nombre.

Muchos años después, cuenta la leyenda, cuando los animales sufrían una desdicha o se sentían tristes, se acercaban al pozo y dejaban caer unas cuantas lágrimas. Eran tantos los animales que llegaban y tantas las lágrimas vertidas, que el agua jamás escaseaba. De este modo, el cocodrilo pudo sobrevivir en lo más profundo pero no podía salir, pues el pozo nunca se llenaba. En agradecimiento, el monstruo se alimentaba con las tristezas, las penas y las desdichas de los animales que se acercaban, y al instante éstos dejaban de sufrir.

Con los años pasaron por ese lugar los humanos, quienes, al ver la dicha de los animales, quisieron hacer lo mismo. Pero, en lugar de arrojar las desgracias y las penas al pozo, comenzaron a pedir favores y gracias, motivados por la ambición. En vez de verter lágrimas que llenaran de agua el pozo y alimentaran al cocodrilo Balurt, arrojaban monedas que golpeaban al animal, y éste emitía horribles llorosa causa del dolor ocasionado por las monedas. En venganza, Balurt no devolvía nada de lo que los humanos le pedían. Esta es la única y verdadera historia de los muchísimos "pozos de la dicha" que se encuentran en varios lugares del mundo, repletos de monedas pero ciegos, sordos y mudos a cualquier petición o esperanza de los humanos.

Guilford, Ct., USA, diciembre, 2014

Inexplicable

No me explico por qué muchos brindan con el vino que no es de sus viñedos.

Inexplicable

Tigr

Lin Sun Laij es un traficante de madera y de pieles, especialmente pieles de tigre. Su campo de acción se sitúa en el triángulo formado por las ciudades de Hulum-Buir en China, y Blagoveschensk y Vladivostok en el extremo oriental de Siberia, en Rusia. Es la ruta de la madera, enEs un extenso territorio casi despoblado y cubierto de bosques, de nieve y frío. Lin Sun se las lleva bien con los inspectores de la aduana y con los miembros de los ejércitos de estos dos países, estacionados en las márgenes del río Amur, por el que pasa la línea fronteriza entre los dos países, y a quienes con frecuencia soborna con generosidad.

Si hay algo que represente la imagen viva de la devastación de los bosques y de la extinción del tigre siberiano, ese es Lin Sun Laij. La naturaleza no es de su interés aunque si el dinero. Para sus actividades ilegales, dispone de huestes bien disciplinadas de expolicías y exsoldados rusos y chinos, expulsados de los ejércitos de los dos países por corrupción u otros delitos. Se mueven a sus anchas por todo ese territorio, y muchos de ellos son fugitivos o encaran graves problemas con la justicia. Ahora trabajan para Lin Sun, quien nunca les ha dado crédito a las innumerables creencias de los lugareños sobre el gemido del bosque y la venganza del tigre siberiano, portentoso animal de singular belleza en vía de extinción. Ignorar estas creencias es el mensaje que con frecuencia les repite a sus hombres.

En el curso de la semana, Lin Sun está a la espera de un valioso cargamento de madera y pieles que ha de llegarle en cualquier momento. En Siberia, tratándose del tiempo, nunca se sabe y cualquier cosa puede ocurrir. Entre tanto, a muchos kilómetros de donde Lin Sun está, en pleno corazón de los bosques de Siberia oriental, la espada de una motosierra ronronea amenazante en la fornida y enguantada mano de un hombre. Con sorprendente rapidez, el hombre la levanta hasta un poco más de la altura de su cabeza y la descarga con descomunal fuerza contra uno de los dos animales que se han abalanzado sobre él.

La gruesa segueta ha penetrado en la cabeza del animal más pequeño, provocándole una profunda herida que le produce la muerte de inmediato. El animal cae tendido sobre la nieve, con la cabeza, por poco, tajada en dos mitades. Ha sido una aserrada certera, fatal. El rojo intenso de la sangre se confunde con el blanco grisáceo de la nieve. El otro animal, entre atemorizado y expectante, huye del lugar con su cuerpo salpicado de sangre.

El hombre, talador furtivo de árboles de cerca de uno noventa de estatura y bien abrigado, con la espada de la motosierra alzada en señal de triunfo y con la ropa también ensangrentada, lanza un grito triunfante que se extiende por el helado bosque. Es Iván Spironovak, exsoldado del ejército ruso, expulsado al ser acusado de traficar con drogas y armas. El resto de hombres que lo acompañan lanza también, al unísono, gritos de victoria para celebrar el suceso. Todos ellos están en la misma condición de Iván: son expolicías rusos o chinos que trabajan para Lin Sun Laij.

Se acercan al animal tendido sobre la nieve y lo miran con aire de satisfacción. Es una tigresa cuya piel les representa muchos dólares. Con un cable de acero, la atan por las patas traseras para moverla del lugar. El cable pende de una de las grúas hidráulicas, ajustada al remolque de uno de los tractores estacionados y empleados para el arrastre de las trozas de madera hasta el lugar donde se apilan para luego ser transportadas en grandes camiones hasta la estación del tren transiberiano de Dalnerechensk. De allí son llevadas al puerto marítimo más cercano. La grúa mueve el pesado animal hasta un lado del remolque de uno de los tractores forestales empleados para el cargue y el transporte de madera pesada estacionado allí, y es sujetado fuertemente a uno de los varales de donde cuelgan otros animales cazados.

Al colgarlo, un chorro de sangre brota a borbollones de la herida del animal y tiñe la espesa capa de nieve. A los gritos insultantes y groseros del capataz, que los insta a continuar, los hombres vuelven a empuñar las motosierras y se dirigen hacia el interior del bosque para continuar la tala furtiva. El ronquido de las motosierras al vaciar el bosque se extiende a muchos kilómetros, hasta los confines del nevado territorio que comienza a mostrar espacios descubiertos por el avance de la tala.

Yarkov Detforesko es un nativo del lugar. Camina de regreso a su casa después de realizar una larga jornada de caza y pesca de tres días, internado en el bosque. Está por los 38 años y vive, como todos los lugareños, de esa actividad. Escucha con desagrado y apagada furia el ruido de las motosierras que retumban entre la espesura de los árboles y, al unísono, con la algarabía de los taladores y el golpe seco que producen los árboles serrados al caer. Arrastra tras de sí un trineo hecho por él mismo en el cual transporta un par de ciervos muertos, y algunos aparejos para cazar y pescar. De uno de sus hombros cuelga un saco repleto de pescados. Es un hombre corpulento, descendiente del pueblo yakuto que habita los bosques siberianos desde hace siglos. Camina lento, se diría que contando sus pasos mientras sus botas se hunden con facilidad en la nieve. Sus penetrantes ojos azules escudriñan todo a su alrededor. Este es su hogar., No conoce otro lugar distinto del de su aldea, del frío y la intensa soledad del extenso territorio boscoso; reconoce palmo a palmo cada centímetro de nieve, cada árbol que allí se levanta, cada animal que vive o muere. Conoce cada leyenda de su tierra y es un convencido de que la historia de su pueblo se ha tejido con los hilos que brotan del bosque, del viento y de los animales del lugar. Sabe que de las entrañas de la nieve brotan cadáveres; cree en los hombres de nieve, en el valle de la muerte y en los calderos metálicos; ha visto a los yetis y ha visto con sus propios ojos las formas de vengarse del tigre de Amur.

El paso por donde están los taladores es camino obligado para Yarkov, quien se acerca a ellos con una mueca de desagrado. Sus ojos se posan en la docena de tigres que cuelgan del remolque, y se agita momentáneamente pero se contiene. Los taladores se le acercan para mirarlo entre desconfiados y expectantes, como a la espera de que él haga o diga algo. Y así es.

—Es la hembra de Tigr —dice Yarkov, señalando al animal recién muerto. —¿Quién la mató?

—Yo —dice Iván Spironovak con voz amenazante—.¿Algún problema?

—No, conmigo no —responde Yarkov—, pero es mejor que te vayas.

—No pienso irme— dice el otro.

—Es tu decisión —anota Yarkov.

Todos los hombres que rodean a Yarkov sueltan una carcajada y, en señal de amenaza, alzan todos las motosierras prendidas. Yarkov, sin mostrar temor alguno, da un paso al lado y sigue su camino. Se aleja, dejando atrás a los hombres de la motosierra que lo despiden entre burlas y palabras insultantes. Yarkov no conoce el miedo, pero sabe bien que no se puede enfrentar a ellos. Son muchos, son los hombres de Lin Sun Laij, los que matan el bosque y los animales.

A corta distancia y agazapado detrás de un grueso árbol, el animal sobreviviente observa, por entre la espesa maleza, a los hombres de la motosierra y a Yarkov Detforesko. Su mirada está fija en el hombre que mató a la hembra. Es Tigr, un tigre Amur o siberiano, el mismo que ha perdido a la hembra. Es un animal de cerca de tres metros de largo y un poco más de un metro de altura y 300 kilos de peso. Su pelaje de color anaranjado rojizo, con rayas negras y algunas manchas blancas, lo vuelven casi invisible en la espesura. El sigilo de Tigr en medio del frío es intenso; la espesura ahoga su mirada; su respiración es lenta. Da la impresión de preparar un ataque. Sin embargo, contrario a esto, avanza hasta perderse por completo en la selva blanca.

El ulular del viento acaricia sus oídos, y mientras avanza su atención se agudiza a la espera de los mensajes que lo avivan. Siente el ruido de un árbol caer sobre la espesa nieve, luego otro y otro más. Son muchos los que caen. Su piel se eriza con el gemido de los árboles y con el estrépito que hacen al choque contra el suelo cubierto de nieve.

El estruendo que hacen varios hombres al hablar y al moverse de un lado para otro entre la espesura y el traqueteo ensordecedor de las motosierras, hiriendo los troncos más gruesos de los árboles, lo agitan. Tigr sabe camuflarse en la espesura y en la nieve, lo que dificulta descubrirlo; su pelaje lo oculta y avanza seguro pero sin rapidez para internarse cada vez más en la fría y oscura espesura del bosque. Siente el aleteo de varias aves que vuelan asustadas por entre las ramas para alejarse del lugar. Las ve moverse en la misma dirección en la que avanza. Al alejarse de los traficantes y de la parte débilmente soleada, su vista se apresta para enfrentarse a la oscuridad, y su pelambre parece abultarse a medida que baja la temperatura. El frío es intenso. El cuadrivio del bosque se torna cada vez más complicado, y, a estas alturas, se encuentra enrevesado pero su sentido de orientación se hace más fuerte a medida que las dificultades se acrecientan en la naturaleza agreste que es suya: es su ambiente, es su hogar, como lo es también para Yarkov Detforesko.

Avanza hacia el lugar más oscuro y su olfato lo lleva por donde el frío hiela los huesos y donde la vista hace esfuerzos fuera de lo común para no sucumbir. Aunque siempre habrá un espacio para los que aquí habitan, la oscuridad, el frío y el susurro de todo lo que hay se entrelazan en cómplice alianza para hacer de este lugar el más inhóspito y tétrico del mundo. El viento helado acuna las ramas y varias hojas caen a su paso. Los escondites para todos los animales se multiplican por doquier, y la escasez de alimentos reta cualquier fuerza y lleva a la desesperación, pero Tigr se mantiene sereno y alerta a cualquier cosa que se mueva. Es su espacio y sigue su camino con un poco más de dificultad, pero sabe que va en la dirección que lo conducirá a la cueva en la que siempre se resguarda cuando los retos y las amenazas se acrecientan.

Es el último territorio de Siberia, donde la sangre se hiela; el único lugar del mundo en el cual el hombre viviría; donde la ambición desbordada encuentra su límite y donde cualquier deseo, por noble que sea, se ahoga en medio del temor que causan la nieve, la noche, el frío.

Tigr conoce el lugar y sabe de la recompensa del sigilo y de la espera paciente. Pareciera que solo se trata de un episodio más de la selva blanca, que tiene que descansar y esperar. Es entonces su momento, el del ataque, y lanza un único y mortal zarpazo a un ciervo de unos doscientos kilos de peso. Lo arrastra hasta la cueva a través de la espesura. Tres cachorros de tigre de cuatro meses salen a su encuentro y se abalanzan sobre la presa. Tigr los mira compasivos y les permite que sacien el hambre. La comida es suficiente.

Mientras tanto, Yarkov ha llegado a su casa. Su mujer y sus hijos se alegran con su regreso. No se acostumbran a las largas jornadas de ausencia de Yarkov. Otros aldeanos se han acercado a saludarlo. Aunque sus antepasados eran nómadas, cada regreso de un aldeano a la aldea es un acontecimiento feliz. Yarkov les cuenta sobre los resultados de la caza y lo sucedido con los traficantes. Todos hablan ruso, pero él les habla en chukchi y suelta algunas frases en koryak. Se entienden mejor hablando en estas lenguas, dandola impresión de no desear que personas extrañas al lugar, y merodeando por allí, les escuchen. Los mayores se preocupan. Los hijos de Yarkov, una niña de nueve años y un niño de siete, lloran al conocer la muerte de la tigresa. La noticia se riega entre los escasos aldeanos. La leyenda se aviva. El temor los invade.

Los hombres de Lin Sun han terminado de cargar los camiones que transportarán la madera hasta la estación de Dalnerechensk. El recorrido de las siete tractomulas lo harán en caravana: son cuatrocientos cincuenta kilómetros que deben recorrer por una carretera que serpentea sobre la nieve y por entre la selva, de la que brotan cadáveres como si fuesen seres vivientes, y en largos tramos corre al filo de profundos abismos. Con ellos y en el primer camión, al lado del conductor, con una botella de vodka en la mano, viene Iván Spironovak. Tigr ha dejado a los tres cachorros en la cueva con suficiente comida para varios días y avanza en dirección al mar. Una tormenta de nieve ha comenzado a caer y dificulta la visibilidad, pero él avanza sin que nada lo detenga.

En el largo tramo de la vía por donde avanzan los camiones cargados con setenta toneladas de peso, muy cerca de una elevada montaña que corona el fondo de todo el extenso bosque blanco que se extiende hacia el mar, hay una desviación hacia la parte derecha que conduce a la aldea donde vive Yarkov Detforesko. Está más bien cercana. Al lado izquierdo de la vía se encuentra una hondonada con un extenso bosque circundante que parece no tener fin. En esta espesura inexpugnable se distingue el camino por el que viene Tigr, que avanza hacia este punto de cruce de vías con pasos sigilosos. La visión de un ciervo se le aparece; cauteloso, se concentra en el ciervo y se acerca; los dos están bastante cerca de la vía por donde vienen los siete camiones. Tigr permanece oculto de la visión del ciervo pero da la impresión de que esperará un mejor momento para el ataque; una ocasión exacta. Justo cuando los camiones están en la mira, Tigr se agazapa lo mejor que puede y, con increíble velocidad, se lanza amenazante hacia el indefenso que no tiene otro camino que atravesar la vía por donde se acercan los camiones.

Por la nieve que cae, la vista del camino es limitada. Las dos personas que vienen en la cómoda cabina, Iván y el conductor, disfrutan de una conversación que es interrumpida por la sorpresiva aparición del ciervo, lo que lleva al conductor, en apresurado movimiento, a hundir los frenos. Por el estado de la vía, éstos no responden plenamente, y, aunque alcanzan a amortiguar la velocidad, no evitan el impacto contra el ciervo. Tampoco evitan el bamboneo del tráiler: tras la inmediatez de la parada del camión y el golpe seco contra el animal en la resbaladiza carretera, varios maderos que van en la parte superior se disparan hacia adelante cual mortíferas lanzas, rompiendo fácilmente la parte trasera de la cabina para terminar chocando contra las cabezas de Iván y del conductor, que quedan destrozadas por completo. Algunos maderos rompen el panorámico y salen lanzados del camión. Con el bamboneo, el tráiler termina por voltearse y la pesada carga rueda por la vía. El siguiente camión no consigueevitar el impacto con otros maderos tirados, volcándose para rodar por la hondonada. Los otros dos camiones que siguen de cerca a los primeros corren la misma suerte. Hasta la gasolina regada llega una chispa eléctrica, y camiones y maderos iluminan el oscuro territorio del tigre de Amur. Los tres restantes camiones lograndetenerse. Sus ocupantes no pueden hacer nada: están atónitos por lo ocurrido. Sus miradas se enrojecen por las llamas hambrientas. Siberia arde.

Cerca del lugar de la tragedia, por el lado de la vía que se cruza con la desviación que conduce a la aldea donde vive Yarkov Detforesko, desde donde se destaca un pequeño montículo, varios nativos están apostados y observan lo ocurrido. Entre ellos está Yarkov. No pueden hacer nada para socorrer a las víctimas. El infierno es total. Esperan a que la tormenta de nieve se encargue del fuego.

Con la mirada puesta en lo que semeja el infierno que parece devorarlo todo, y agazapado detrás de un árbol, se encuentra Tigr. Sus ojos también reproducen las llamas que amenazan al bosque. La tormenta no alcanza a apaciguar el fuego con la rapidez necesaria y va devorando muchos árboles a su paso. Es un disfrute paciente e íntimo del animal, mientras está a la espera de que el ciervo reaparezca. Así permanecerá hasta cuando, finalmente, la última columna de fuego se extinga por sí sola, en medio del aire frio. El ciervo no aparece.

Lejos de allí, Lin Sun Laij camina desesperado de un lado a otro. Está a la espera del cargamento de madera y de pieles. La noticia fatal tardará en llegarle varias horas.

En esta parte de Siberia los días son eternos. En medio de la persistente tormenta, un poco antes que la luz del día se disipe, los nativos regresan a su aldea- Más tarde, alrededor de una hoguera al interior de la casa de Yarkov Detforesko, los lugareños escuchan de los más viejos las leyendas del valle de la muerte, la de los calderos metálicos y la de la venganza del tigre Amur. Ellos creen en sus leyendas. Lin Sun, no. Él espera impaciente un cargamento de madera y de pieles que nunca llegará.

Juego

Durante la noche, las luciérnagas quisieron jugar con las estrellas pero se cansaron.

Distorsión

Creíamos que el implacable verano nos había torcido por completo el caletre. La visión de las cosas se distorsionó y esta deformación no era más que otra de las plagas a la que nos enfrentábamos: a los bosques lánguidos y moribundos los veíamos como a esqueléticos guerreros con miles de abrasantes y desfigurados brazos; vimos nubes sedientas arrastrarse por el suelo, succionando raquíticas raíces y rastrojos resecos, y absorbiendo las últimas gotas de humedad de los pantanos; troncos de viejos árboles caídos retorciéndose de sed. Escuchábamos el gemido de los pastizales implorando una rociada; soñábamos despiertos con el repiquetear del agua sobre los techos de cinc y de palma; palpábamos con nuestros pies el colchón de cadáveres de insectos que cubría la tierra, mientras infinitas huestes de aguerridos rayos de sol avanzaban amenazantes vomitando llamaradas de fuego vivo, asolando todo vestigio de vida o de verde que quedara.

El sol abrasante y la resequedad se irguieron como amos absolutos de la vida, y la visión de todos se distorsionó, mientras la sospecha sobre las personas y las cosas y el olvido de quiénes éramos y la creencia ciega en los números campeaban airosos en medio de la desolación. Nada escapaba a la realidad alterada, ni siquiera los colores aquellos con los que nos entrelazábamos a cada momento. Era el universo de la distorsión.

Hasta entonces, los cambios que sufrían los benjamines de nuestra aldea, por cuenta del cambio de edad, eran una ruidosa celebración más de la que vivíamos pendientes. Sin excepción, mirábamos a diario quién abandonaba la etapa de la niñez y entraba en la de la juventud. A estos mancebos los necesitábamos para trabajar. Observar los cambios que se iban produciendo en sus cuerpos y sus mentes se convirtió en una costumbre que luego llegó a ser un rito ceremonial. Quizá para muchos que nos escuchan, como usted, que ya no es tan joven, que no vivió en aldea alguna, preocupado más por las cosas de la ciudad, no tengan importancia los cambios que se producen en la mozada por el desarrollo natural. Nosotros vivíamos allí, jugábamos en el mismo lugar, nos conocíamos, éramos un solo grupo cuando de cazar se trataba, una familia, y si faltaba algo siempre había alguien que lo proporcionaba. Éramos un solo pensamiento en la lucha y eso era importante, como lo eran los cambios de Jacinto Pilqué, que así era como se llamaba el joven escritor de ese pueblo.

Si hoy, cuando somos casi ancianos, nos esforzamos por querer contarle esos detalles, es porque deseamos tranquilizar la pesada conciencia que nos agobia, y porque estamos seguros de la importancia de entender lo que pasó con ese muchacho y su relación con nuestro pueblo, con la mina, con el coronel y con las bandas de criminales que nos torturaban hasta con su sola presencia.

Tenerlo a usted aquí, mirando asombrado nuestras caras, con papel y lápiz en mano, hambriento de escribir alguna cosa, no solo es la oportunidad de decirle al mundo las cosas que antes nos avergonzaban sino también algo redentor, por esos pasos mal intencionados que dimos. Observe bien que va por doble partida: usted se nutre con nuestros recuerdos (a lo mejor escribirá una narración que lo hará famoso); nosotros cinco, sobrevivientes a la tragedia, nos redimimos de la degradación en la que caímos por un mísero salario. ¡Cómo no satisfacer su curiosidad sobre las componendas, los chanchullos, los arreglos, las triquiñuelas y las artimañas que realizamos para hacer recaer el peso de la culpa por la explotación minera sobre las espaldas de esa joven maestra y sobre ese desdichado joven! ¡Lo que podía pasar si perdíamos las monedas recibidas de vez en cuando, empapadas de sangre!

A ella, de escasos veintiuno o veintidós años, la animaba la posibilidad del aire puro, y a él, con sus metáforas intensas y llenas de una sensibilidad desconocida por nosotros, un sentido cierto por la vida. Querían darnos a conocer la tragedia que se cernía sobre nuestro incierto trajinar, acompasado de una riqueza silenciosa que se ocultaba en la mina y que nunca habíamos descubierto. De hacerlo, jamás hubiésemos pensado en la utilidad de esas piedras que brillaban, a veces como el sol, y que adornaban el frontón de nuestras chozas, y el cuello, la muñeca y los tobillos de nuestras mujeres.

Nos jactábamos de ser realistas. Equivalía a recibir las monedas que ellos, los de la mina, llamaban "salario". Venía metido en un sobre en el que se destacaba nuestro número de identificación. Nosotros llamábamos a esas monedas "La careta", algo que servía para olvidarnos de quienes éramos y de dónde veníamos; para creer en que ese monto era el único dios que regía nuestro destino y admitir que la sospecha a la que le abrimos camino fuese la aliada infame y permanente del coronel, ese maldito que amenazaba nuestras vidas. Llegamos a confundir el realismo con la defensa de la explotación de la mina y con la infame deshonra a nuestros antepasados.

Desde cuando Jacinto escuchara hablar a la maestra sobre eso del aire limpio, lo de apagarse la vida, lo de las nubes asfixiantes, lo de los torbellinos y ventarrones destructivos y especialmente lo de la neblina azul, el joven quedó arrebatado por completo. Las palabras fatídicas de la maestra lo habían transformado. El interés que antes tenía por muchas cosas tomó un rumbo incierto y repentino; con inusual brusquedad tiró al cesto de la basura la colección de canicas de diferentes colores y tamaños; se desprendió del aro que rodaba casi a diario por las únicas doce o trece calles rectilíneas del villorrio, e hizo trizas la cauchera hecha con la rama de un naranjo seco, la misma con que muchas veces asustó a los pájaros que se posaban en los árboles frutales del patio de la casa materna; dejó de ir a la iglesia, escondió o quemó el librito de oraciones, y las estampitas consagradas que el cura del pueblo le había obsequiado cuando tenía seis o siete años. Esto fue el presagio de una muerte temprana.

Algunos creyeron que era la mismísima obra del diablo, detonante de lo sucedido. La fecha exacta por la que nos pregunta no la recordamos. Podemos asegurar que para el tiempo en que abandonó las prácticas de fútbol pasaba más a menudo por la reducida biblioteca municipal, consultando libros raros y antiguos que habían escapado a la saña desatada contra las palabras. Fue cuando advertimos que no nos pertenecía, no era parte de nuestra aldea; el seco verano había hecho de él una persona diferente. Jacinto Pilqué había perdido la chaveta por cuenta de sus descubrimientos en la biblioteca. La distorsión de su masa y de sus escritos nos empujaba a un punto de consecuencias irremediables. Sentíamos miedo de ese mundo sin la explotación en la mina, sin *caretas*, lejos de las amenazas del iluminado gobernador, ausentes de las sospechas del coronel, amparados en el dominio de los números, privados de nuestra historia. La aberración de nuestra vista y de nuestra mente había hecho lo suyo. Preferimos el extravío a cualquier cambio incierto que las palabras de la maestra y las metáforas de Jacinto nos ofrecieran. Ese universo sin neblina azul y sin nubes asfixiantes, sin amenazas y sin sospechas, sin números y sin olvido, sin despojos y sin desierto, era simple y en definitivas impensable. Decidimos continuar nuestro camino aferrados al caos de la mina, a las amenazas del gobernador, a las sospechas del coronel, atenazados a las bandas criminales, a las nubes tóxicas, a la *careta*, a los destellantes y mentirosos fulgores que cada nuevo amanecer nos traía. Por supuesto, a la neblina azul. Así de insolente era la deformación que nos cubría. Y así vivíamos.

De las sospechas

En ese entonces vivíamos sumergidos en un mundo de siniestras sospechas que otros habían creado, hasta cuando la fatalidad de ese mundo de dudas nos sumergió en el paroxismo. Descubrimos, entonces, la verdadera esencia de las garras del siniestro poder de los otros, pero ya era tarde.

La danza de la lechuza

1.   **Virginidad y fidelidad**

Conocí a Rubio Cadena cuando corría el año 1951. Para ese entonces rondaba él los cuarenta años de edad; yo, semanas más o semanas menos, los siete, y empezaba a presumir del uso de razón. No recuerdo quién fue el que dijo que a esa edad ya podía discernir el bien del mal. La curiosidad que sentía por la vida cotidiana de las gentes empezaba ya a ser mi pasatiempo.

En ese tiempo, el honor, aunque era un asunto de hombres, se anclaba con saña en la virginidad y la fidelidad de las mujeres. Hablar de honor y dignidad era tanto o más quizá como hablar de virginidad y fidelidad. También de prestigio. Otros asuntos como el coraje, la riqueza y la espiritualidad existían para apuntalar las dos primeras. Una virgen o, mejor si fuesen dos o más, bajo un mismo techo, eran tanto como abrigarse con la arroyada subliminal de un convento, casa profesa que aseguraba una aureola de monjil santidad que en ocasiones daba respetabilidad.

Hacia afuera, el aroma a santidad era resguardo supremo, llave excelsa del honor de la familia, aunque en algunas, de puertas para adentro, el sello del sigilo ensombrecía historias de honores perdidos, dignidades encubiertas, pérfidos amoríos que se entremezclaban con recuerdos agrestes de riquezas fugaces o idas, y un presente de ruinas tejiendo telarañas. Cierta virginidad perdida o alguna fidelidad dudosa eran la máxima desgracia, la vergüenza sórdida que cualquier familia evitaba. Al precio que fuera.

Después de la afrenta, nada ni nadie podía remediar tan espinoso asunto, ni siquiera la muerte, pues con ella el deshonor viajaba orondo. El honor, por tanto, en los lejanos tiempos de Rubio Cadena, había dejado de ser un bien privado para convertirse en un bien público. Pretender ocultar el honor perdido era tanto como retar a la comunidad, y a esta no se le retaba: se le temía. Ella era el guardián celoso, el juez supremo, la razón última del honor y la dignidad. En ese mismo carruaje viajaban en siniestra cercanía la sospecha, el murmullo, la difamación y la infamia. Todos a la espera de hundir sus filosas garras en cualquier momento.

2.   **Purita Concepción de la Santa Rosa**

Rubio no tenía honor alguno que defender, salvo el de su madre, que ya no era virgen, pero en su prodigiosa memoria reposaban todos los acontecimientos, importantes o no, de todo cuanto había ocurrido en el pueblo, con fecha, hora y resto de detalles incluidos. También en sus recuerdos colgaban las distinciones ganadas y los aprendizajes realizados durante el tiempo en el cual participó en las cruentas batallas como soldado raso en la guerra que se libró contra Perú. Llegó a ser por este y otros motivos más, difíciles de recordar, el depositario fiel y seguro de muchas historias, entre otras las de algunas deshonras silenciosas ocurridas en las más prestantes familias.

Ese fue el caso de Purita Concepción de la Santa Rosa, cuyas desapariciones nocturnas de su casa y de su lecho eran frecuentes, arrastrando a su familia, con ese inusual comportamiento, al desespero y al filo de una dignidad y de un honor perdidos, como ya lo había sido la riqueza de la que, tiempo atrás, habían disfrutado.

Purita Concepción de la Santa Rosa no sabía mucho del honor familiar pero sí de los agobios de la pobreza a que su padre, otrora prestante personaje, la ajorraba por culpa del juego y las mujeres. —*De nada le sirvió lo robado en la alcaldía si todo quedó en las cartas y donde las putas* —decía a menudo Purita. Así que la idea de salir de la pobreza le rondaba la cabeza, más no la virginidad. Purita quería sentirse viva, sentirse mujer, y así se lo hacía saber a su madre. Ella la mandaba a callar y, de inmediato, la enviaba a confesarse. Purita obedecía, era su madre. Así fue como la vida de Purita transcurría entre una aparente dignidad familiar y un confesionario atiborrado de pensamientos y deseos que avergonzaban a su madre. No a Purita. Ella anhelaba a un hombre, deseaba abrir su alma y que su cuerpo fuese agujereado por alguien que supiese valorar la ternura de la mujer. Hasta ahora, sus padres le habían hablado del valor de la espiritualidad y de lo que significaba para la dignidad de la familia. Ahora, ella quería que un hombre le hablara de su cuerpo y de lo hermoso que era, si es que realmente era hermoso. Nadie, hasta este momento, se lo había dicho y quería escucharlo. La certeza de un cuerpo bien formado, de unos rasgos delicados y de una sonrisa cautivante le facilitó su pretensión, y pronto la llevaron a escapar de su casa hacia la medianoche, perderse entre la oscuridad de las calles y permanecer por horas alejada de su cama.

1.   **El mundo de Rubio Cadena**

La estatura de Rubio y sus más de cien kilos de peso lo hacían una persona inconfundible. Nunca supe si lo de rubio era por el color de su piel y de su espesa cabellera. o, más bien, porque fuera ese su verdadero nombre, como parecía serlo. Nunca fue a la escuela pero sabía tanto de tantas cosas que hasta los propios maestros y el alcalde del pueblo lo visitaban con frecuencia. Yo mismo, en cierta ocasión, fui a preguntarle acerca del origen del hombre y de otras especies. Nadie mejor que él podía explicar tan complejo asunto.Parecía saberlo todo. Su mirada lo abarcaba todo, su memoria todo lo guardaba. Ese era su mundo.

Tantas cosas se sabían de él, pero mucho más eran las que se desconocían. Lo cierto es que lo que se decía de él iba más allá de lo corriente, acercándose a lo asombroso, rayano las más de las veces con lo sobrenatural y lo inverosímil. Que no sabía leer pero que era un sabio. Que con sus manos ásperas y fuertes, como las rocas con las que a diario trabajaba, era capaz de trazar cientos de surcos en los terrenos más ásperos o en los suelos más rebeldes en los que otros no podían arañar la superficie. Que no sabía sumar ni restar, pero que en su memoria guardaba y podía recitar, sin equivocarse, decenas y decenas de números de loterías que habían jugado desde años atrás; además, recordaba las fechas de nacimientos y de muertes de todas las personas que habitaban en el pueblo o que habían habitado. Se decía que intentó construir un sistema de túneles secretos debajo del pueblo que saliera al otro lado de la ciénaga, con sistemas de iluminación propia y abastecimiento de agua para sostenerse por muchos días por si llegaban soldados peruanos o, peor aún, fuerzas extraterrestres a invadirlo, aunque esto jamás se pudo comprobar. En todo caso, una serie de planos y de bocetos rudimentarios se encontraron bien resguardados después de su muerte.

Se decía que su fuerza era tal que era capaz de sostener un toro por los cuernos y voltearlo boca abajo, a puro pulso, para ensartarle el cuchillo de matarife en el cuello y despellejarlo con las manos; que construía casas, a puro ojo, con la exactitud exigida, sin necesidad de usar metro, plomada o nivel alguno; que una vez limpió un terreno invadido de toda clase de árboles y de troncos para construir una cancha de fútbol, con la sola ayuda de sus manos, una soga y un asno ya viejo, pero que quedó tan perfecta que la Liga de Fútbol le otorgó una condecoración y fue propuesta para que allí se jugará una final del campeonato nacional.

Que desafiaba a la muerte pero que ésta le temía; que hablaba con los pájaros y que era capaz de esconderse detrás de una escoba sin que nadie lo viera, y que era el único en el pueblo que gozaba de autorización para cazar brujas que llegaban a convertirse en lechuzas.

Cada día eran muchas las cosas nuevas que a su historial de vida se agregaban: que si esto, que si aquello, que si esto otro, que su madre Carmita cada noche le dejaba la ropa en remojo en una palangana y que al otro amanecía lavada y tendida sin que nadie se explicara cómo. Alguna vez escuché decir que, por no conocer el rencor, la envidia ni el chisme, pecados muy comunes para entonces entre la gente del pueblo, siete perros lo mantenían siempre rodeado y le seguían a todas partes, y que eran los que lo protegían de todos los males.

Porque sabía mucho de animales y en especial del canto y del aleteo de las aves, tal vez la vida de Rubio estuvo ligada al estudio de ellas y de las cosas sobrenaturales a las que estaban relacionadas. Tal vez por esto muy poco hablaba con las personas, para poder entender y descifrar mejor el lenguaje de los animales, en especial el de las lechuzas, aves de las que se había convertido en el mejor conocedor. Tal vez por esto sabía distinguir el estado de ánimo de esta particular ave de hábitos nocturnos con solo escuchar su canto. Tal vez por esto sabía distinguir los numerosos tipos de esta ave rapaz y diferenciarladel búho. Tal vez por esto Rubio mantenía en su casa una buena cantidad de ratones y lagartijas para que estas aves se alimentaran de la mejor manera.

Rubio no parecía envejecer, pero para cuando ese momento llegara y tuviera que partir de este mundo, como él decía, ya tenía preparada la tumba que habría de albergarlo, situada en el lugar más apartado del cementerio, pues quería estar aislado de los demás para que no perturbaran su sueño. Sobre su tumba mandó a elaborar una lechuza con la mirada fija hacia el frente. No encontró esposa porque dejó correr los años cuidando la dignidad de su madre Carmita, pero también porque, como él mismo lo dijo alguna vez, no tendría que estar salvaguardando honor alguno propio, pues ya tenía en su memoria muchas vergüenzas acumuladas, dede otras familias, por cuenta de los frecuentes deslices de las mujeres que, como él afirmaba, sabían mil maneras de cómo burlar a sus padres y sus maridos.

Rubio apilaba la leña a un costado de la casa, debajo del alar más grande que sobresalía del techo de la casa para que no se mojara, y para que tampoco el sol las resecara demasiado. Con el tiempo aprendió a cazar escorpiones que se refugiaban en estos arrumes de leña y los asaba para comérselos, pues decía que el escorpión daba conocimiento y vida eterna.

Una vez cargó sobre sus hombros el ataúd con el cadáver de un hombre hasta el cementerio. El hombre se suicidó por culpa de un deshonor causado por su mujer, y en un comienzo se creyó que ese día no había nadie más en el pueblo para que ayudara a llevar el cadáver. Pero la verdad fue que ningún hombre quería cargar el cadáver de alguien que había sido engañado por su mujer, pues corría el riesgo de contagiarse. Fueron doce cuadras las que Rubio caminó, a pleno mediodía, bajo la furia de un inclemente sol, cargando el ataúd por la mitad de la calle y con el peso de las miradas atónitas de las pocas mujeres que había en las casas y que se asomaban por las rendijas de las ventanas entreabiertas para ver el insólito entierro de un hombre burlado por su mujer.

Las catorce gallinas de Rubio dormían trepadas en las ramas bajas de un árbol de totumo que se alzaba en el centro del patio. Las ocho lechuzas que también tenía estaban amaestradas y eran tan iguales las unas a las otras que parecían clonadas, y dormían en las ramas más altas, según se decía, por orden del propio Rubio. La mirada fija y penetrante de las lechuzas y su canto lúgubre mantenían asustadas a las gallinas. Lechuzas y gallinas, sin embargo, compartían el mismo patio y el mismo totumo, pero alejadas lo más que podían unas de otras.

2.   **El paso de Rubio por el ejército**

Rubio Cadena dijo alguna vez que había prestado el servicio militar. Fue para la época en que Colombia entró en guerra con el Perú, durante el gobierno de Enrique Olaya Herrera. Recordaba a menudo que, bajo las órdenes del general Alfredo Vásquez Cobo, remontó las aguas del río Putumayo rumbo a Tarapacá, lugar en el que se libraron sangrientas batallas cuerpo a cuerpo con los soldados del otro bando.

En su paso por el ejército aprendió a recelar de los peruanos porque en cualquier momento podían de nuevo tratar de expandir su territorio. Aprendió también durante esa guerra a reconocer y lidiar con las brujas que se convertían en lechuzas, ya que le tocó montar guardia muchísimas noches en la isla peruana de Chavaco, al frente de Güepí, lugar donde esto era muy común y donde él con el soldado Cándido Leguízamo y otros más se valieron de estas malignas mujeres o de estos siniestros animales, no se sabe, para derribar un avión peruano que cayó envuelto en llamas en el río Putumayo y del que se salvaron apenas unos cuantos soldados.

1.   **La danza de la lechuza**

Fue este aprendizaje, repetía él, y así me lo hizo saber en cierta ocasión, lo que lo llevó a saber distinguir con certeza absoluta los diferentes sonidos y danzas de las lechuzas. También adquirió el poder para controlar a estos seres que, cuando los sacerdotes católicos españoles llegaron a Latinoamérica, éstos difundieron la creencia de que aquéllas eran criaturas malignas, usadas como mascotas de demonios y brujas y en oscuros aquelarres nocturnos.

Rubio Cadena aprendió, junto con el valiente soldado Cándido Leguízamo, a distinguir al inofensivo y noble animal de aquel en el que algunas malignas mujeres se trasformaban para enloquecer a los hombres y engañar a sus maridos. Este soldado fue el mismo que se enfrentó solitario a más de 360 soldados peruanos en Tarapacá, armado únicamente de una peinilla y un fusil que se atascaba cada vez que lo disparaba, pero las heridas que le hicieron fueron tantas que finalmente falleció, después de librar durante varios meses su última batalla contra la muerte.

Esta distinción entre uno y otro animal fue lo más difícil del duro aprendizaje que tuvo que realizar entre los indios amazónicos. Quizás esto último o una de esas muchas habilidades con las que Rubio Cadena vino al mundo o quizá todas ellas juntas le dio el poder suficiente para cazar una bruja a plena medianoche de un 31 de octubre, cuando se encontraba merodeando la casa de Sebastián Lancerotti y estaba a punto de revolotear e iniciar su danza macabra con el culo en dirección hacia la ventana en la que aquél dormía con el fin de mortificarle el cuerpo y el espíritu para hacerlo suyo.

2.　　　　　　　　　　Maloca, mambe y chamanismo

No fue fácil para Rubio el aprendizaje de cazar brujas. Ocurrió a todo lo largo de la zona comprendida entre el Araracuara y los raudales de La Pedrera, lugar en el que habitaban los indios yucunas y los tucanos, y donde se encontraban piedras especiales para rayar la yuca, pulir cerámica y fabricar hachas; donde Rubio y otros pocos soldados más aprendieron la fabricación de las cerbatanas y el curare para emplearlos en las vestimentas de plumas que Rubio usaba días antes de salir a cazar brujas. Pero esto no fue todo. Aprendieron también a usar el karayurú, sustancia de color rojo utilizada en algunas prácticas chamánicas que brindaban protección total y segura contra todos los males que pudieran sobrevenir a causa de este tipo de operaciones.

Al lado de los más consagrados indígenas conocedores de estas prácticas, Rubio y sus compañeros practicaron durante varias semanas el chamanismo en una maloca especialmente fabricada para las ceremonias rituales que dominan los intercambios entre humanos y seres no humanos, pero considerados aptos para pensar por sí mismos, tales como plantas, árboles, animales, demonios, ancestros, y otros personajes míticos que poseen poderes y están en capacidad de realizar acciones inexplicables para el entendimiento humano, pero que solo un hombre iniciado y consumado en el chamanismo es capaz de entender, mediante el uso del mambe, que es el mediador simbólico y efectivo para entrar en estos complicados trances de comunicación y de intercambio de poderes.

Esto explica el conocimiento que Rubio tenía de todas estas danzas rituales y del uso del mambe para cazar brujas convertidas en lechuzas, y explica también por qué Rubio sabía cómo preparar el mambe tostando las hojas de coca en una olla de barro especial. Sabía de sobra cómo, una vez tostadas las hojas, se apilan en un pilón de madera para luego cernirlas muy finamente a través de una tela. Sabía cómo, terminado este proceso, se mezcla esa especie de harina con las cenizas de las hojas de yarumo o de uva para darle ese aroma especial que a muchos enloquecía. Y sabía cómo soplar un incienso proveniente especialmente de las hojas del árbol de algarrobo para darle el toque final al mambe. Explica cómo fue que un puñado de soldados harapientos y casi desarmados, con Rubio y el soldado Cándido Leguízamo a la cabeza, aquel lejano 26 de marzo de 1933, atacaron, con la ayuda de una docena de lechuzas-brujas, la guarnición peruana acantonada en Güepí, compuesta por más de 500 soldados muy bien armados y alimentados, y los derrotaron completamente en solo cinco horas de combate y sin disparar una sola bala porque el ejército colombiano no tenía balas que darles a los soldados que libraban esa guerra, y les habían dicho que se defendieran o atacaran con lo que primero tuvieran a mano, y ellos apenas tenían las doce lechuzas o las doce brujas: daba lo mismo.

3.   Santiago Lancerotti

Santiago Lancerotti era un hombre torpe para conseguir y retener mujeres, pero de muchas ideas para hacer dinero. Tal vez por eso se había convertido en la única persona en lograr una ganadería errante de más de setecientas reses, 14 caballos y 35 burros, sin disponer de un centímetro de tierra, que erraban por los alrededores del pueblo, pastando por aquí y por allá, sin que nunca se le perdiera un animal. Se sabía, además, que debajo del piso de su casa guardaba diecisiete galones repletos de monedas de plata y siete candelabros de oro, y hasta se llegó a sospechar que tenía varios cofres repletos de toda clase de joyas y otras riquezas heredadas de los españoles que huyeron cuando en el país se expulsó a los curas jesuitas.

De todas estas riquezas que tenía Sebastián Lancerotti se hablaba en el pueblo pero, también para Rubio, Lancerotti era esa persona que en los peores momentos de su vida le había ayudado, y ahora, cómo es que viéndolo mortificado por una bruja que lo mantenía bajo su demoníaco influjo, hasta el punto de no poder articular palabra alguna, no iba él a ayudarle y salvarle de tal influjo, sabiendo cómo hacerlo. De ahí que, sin pensarlo dos veces, decidió que saldría en su ayuda y trataría de acabar con la causa de todos los males de Santiago.

Sebastián Lancerotti tampoco tenía honor propio que defender, pero si tenía una riqueza que atraía a más de una mujer. Esto lo sabían todos, pero especialmente todas las jóvenes en edad de casarse. Por eso Santiago, si bien era el centro de la envidia, también se había convertido en el causante de muchos dolores de cabeza entre los hombres. Era también una atractiva tentación para las mujeres. A diferencia de Santiago, Rubio no tenía lo uno ni lo otro, y solo disponía del poder de distinguir y de cazar brujas y de entenderlas y controlarlas.

4.   A la caza de la bruja-lechuza

El comentario secreto que corría de boca en boca era que cierta mujer de instintos maléficos, bajo la forma de una lechuza, lo mantenía atolondrado, a punto de sucumbir ante la vida. Que esa corneja lo visitaba cada noche y lo mantenía envuelto en toda clase de males. Que de su culo brotaban gases aromatizados que lo mantenían en un estado de permanente sopor y con una tontera que apenas podía balbucir palabra. Su mirada iba de un lado para otro y apenas tenía fuerzas para caminar.

En la noche del 31 de octubre, con el propósito de cazar a la mujer, Rubio sacó a relucir todo lo aprendido en la isla peruana de Chavaco y en Güepí para derrotar a los invasores extranjeros. Se acordó entonces de los bebedizos que los agentes de la también peruana casa Arana les daban a los indios amazónicos arraigados en el Putumayo, y que además de esclavizarlos les daban fuete del bueno para mantenerlos en un estado de completa indefensión y explotarlos lo más que pudieran, extrayéndoles todo el caucho que les fuera posible. Recordó los juegos de manos y de caderas y de las redes de hilo blanco que fabricaban y usaban las putas de los bares de Quijos, Jaén y Maynas para sacarles el dinero a los soldados de uno y otro bando, y a los indios amazónicos cuando con pagas en los bolsillos se acercaban por esos lugares. Recordó los cantos y las danzas chamánicas, y mambeó durante varios días.

Recordó que había que ponerse los interiores y la camisa al revés, tragarse media docena de ajos partidos en cruz, rociarse cenizas de gallo negro mezcladas con aceite de hígado de pescado, rezar el padrenuestro de atrás hacia adelante sin equivocarse una sola vez, y pronunció la frase "Kafe et Kasita non Kafela et Publia illi ómnibus suis onasagesh ach rosi mon" que le habían enseñado las brujas de Chavaco. Esta frase la tenía que decir en voz baja y con los ojos entrecerrados para que el conjuro surtiera efecto, y para atraer y doblegar al luciferino animal.

Faltando quince minutos para las 12, salió de su casa. Que solo tuvo que esperar un minuto cuando el reloj de la iglesia marcó la medianoche. Que el silencio se perdía entre los pliegues de los temores de los habitantes del lugar y la oscuridad se había adueñado de todo el universo. Que en esa noche nada presagiaba la existencia de ser viviente alguno.

Que, así, en medio de ese silencio y de una oscuridad endiablada, fue como esa noche del 31 de octubre de un año que no logro recordar, cuando el maligno animal llegó a posarse cerca de la ventana del cuarto en el que Sebastián dormía; que Rubio, bajo los efectos del mambe y del conjuro realizado momentos antes, armado con la red elaborada con hilos de seda blancos, cazó no al ser siniestro del que se hablaba sino a la mujer diabólica de la que se sospechaba que era causa de la tontera que padecía Santiago Lancerotti. Antes de partir con el animal en sus manos, Rubio, por la única rendija que había en la ventana, lanzó una mirada al interior del cuarto de Sebastián y reconoció a la mujer que lo acompañaba. Sonrió, con la seguridad de haberla reconocido. —Es ella —dijo. A la luz de un velón la vio luego levantarse de la cama y caminar dos o tres pasos, para luego inclinarse y recoger cualquier cosa del piso tal como la contempló, tal como era ella: hermosa, radiante, desafiante y segura de sí misma. Contempló sus caderas presuntuosas y de una majestad lujuriosa. Sebastián permanecía acostado, observando aquel maravilloso ser dotado de una perfección difícil de describir. Rubio sintió que traicionaba su mente y a su amigo, y se marchó con su lechuza.

5.   **Fama y fortuna**

Con la lechuza en las manos, Rubio se dirigió a su casa y sobre una improvisada enramada, con todos los cuidados posibles para que no escapara, fla amarró por la pata izquierda a la espera de que se transformara en lo que realmente era: la perversa mujer que tenía enloquecido a Santiago.

No bien había amanecido cuando ya la casa estaba repleta de curiosos, llegados en un comienzo del propio pueblo pero luego de lugares más alejados. Cada quien llegaba con sus ofrendas en dinero que Rubio y su madre Carmita depositaban muy bien en unos barriles de madera, sujetados por la mitad con aros de hierro.

Con los días, la fama de Rubio Cadena crecía como crecían los aportes en dinero que las gentes llevaban, y, como nunca antes hombre alguno lo había logrado, y de un día para otro, pasó aquél a convertirse en el primer ser humano que sobre la tierra consiguió cazar una bruja, a la medianoche exacta, in fraganti, cometiendo su siniestro ensalmo, esparciendo el hechizo mortal brotado de su culo, en dirección a la ventana de donde dormía la víctima. Nadie, nunca antes, había logrado esta hazaña.

Cada día, mañana, tarde y noche, se celebraban misas a cielo abierto y exorcismos; se hacían riegos de agua bendita y se ponía al animal en la mitad del patio, esperando que el calor del mediodía le diera con todo su poder y surtiera el efecto de la transformación de lechuza en mujer. Entre tanto, Sebastián Lancerotti se restablecía de sus males. Por su parte, la espera se convirtió en asunto de interés público. El gobernador y el obispo se hicieron presentes en la casa de Rubio con un equipo de expertos que, igual que Rubio, sabían cómo descifrar los mensajes secretos salidos del canto de los animales.

6.   **Epílogo**

Veintisiete días después de la captura, el animal había enflaquecido, sus ojos parecían desorbitarse y las plumas se le caían. Previendo lo peor, Rubio cambió la primera lechuza por otra, y luego ésta por otra, y así siguió con cada una de las siguientes hasta quedar sin lechuzas de reemplazo. Al término de la última lechuza, Rubio y su madre Carmita contaban con diecisiete barriles de madera completamente llenos de monedas, lo que les permitió vivir holgadamente por el resto de sus vidas. Lancerotti se había restablecido completamente, mientras que a Purita Concepción se le veía más jovial y sonriente, afirmando que la virginidad femenina era el don más preciado que la vida les había otorgado a las mujeres. Su madre, entre ruborizada y sonriente, le decía que se callara.

Los perros

Yacen silenciosos, adormilados en el césped fresco debajo del naranjo. Están pacientes a la espera de lo que los satisface. Con el ruido que hacen los recipientes a la hora de la comida, se ariscan y corren como felinos hambrientos para engullir con voraz apetito las viandas que les son servidas, mientras mueven su rabo velozmente en señal de amistad. Luego se tienden nuevamente a dormir, a la espera de otra ración. Aunque nunca se sacian, parecen meditar a profundidad, tendidos sobre el césped debajo del naranjo.
¡Qué paradoja!